「出してみろ。おまえの身体のことは、
ここから吐精する以外は全部見知っている」
（86ページより）

主上の犬
愛は後宮に熔け堕ちて

しみず水都

illustration:
みずかねりょう

prism bunko

CONTENTS

主上の犬　愛は後宮に熔け堕ちて

序

草原に砲撃の音が轟《とどろ》く。

地鳴り。

兵士の叫び声。

馬の嘶《いなな》き。

血の臭い。

様々な春の花が咲き乱れているはずのそこに、花の色はない。草原は兵に踏み荒らされ、無残な姿を晒している。砲台を載せた荷車の轍《わだち》が縦横に走り、土まみれの緑と死傷した者達が流した血の赤黒い色が、あたりを覆う硝煙《しょうえん》の間から見えるだけだ。

しかし、もうすぐ戦は終わる。

凄惨《せいさん》な戦場と化していた草原は、のどかで美しい風景を取り戻すはずだ。

1

（あと少し）

熔雪《ようせつ》は敵軍を追う王軍の動きを、丘の上から息を詰めて見つめている。

国内各地に散らばる敵を辛抱強く潰し、反乱軍の勢力をじわじわと狭め、草原での最終戦で一気に片を付ける、という作戦が目の前で成功を遂げようとしていた。あとは逃走する敵の頭《かしら》を捕まえれば、二年に及ぶ内乱がようやく終結を迎える。

敵が目指している砦《とりで》は、先日熔雪の弟が率いる軍隊が制圧していた。しかし向こうはそれをまだ知らない。唯一の逃げ道だと思って突き進んでいる。

（あの砦に追い詰めれば、この戦は終わる）

ぎゅっと手を握り締めた。

「失礼いたします」

丘の突き出た部分に立って見ていた熔雪は、後ろから声をかけられて振り返る。ひとつに束ねた艶やかな黒髪が弧を描いて揺れ、声をかけた者に顔が向いた。

長い睫毛《まつげ》の下にある瞳には、茶に翡翠色《ひすいいろ》が少しだけ混ざっていて、金碧石《アレキサンドライト》のようだと見る人は称賛《しょうさん》する。鼻梁《びりょう》がすうっと通っていて、柔らかそうな唇は薄紅色だ。男にしては優しげな美貌《びぼう》を備えているのであるが、浮かんでいる表情はひどく厳しい。

「なんだ」

膝をついて熔雪を見上げている伝令兵に問う。伝令兵は熔雪の声を聞くと、はっとしたように頭を下げた。

「東進士《とうしんし》、主上《しゅじょう》が到着なさいました」

東は熔雪の姓で、進士は王宮に仕える兵の役職名である。進士という役を担う東家の人間という意味だ。

「王宮からもうお着きになられたか。随分と急がれたのだな」

厳しかった表情を和らげて、伝令兵の方へ足を踏み出す。が、豪奢な輿《こし》が目に入り、即座に動きを止めた。

「主上。わざわざここまでいらしたのですか」

今度は熔雪が膝をついて頭《こうべ》を垂れる。八人の男の肩に乗せられた輿は、熔雪が下げた頭のすぐ横まで来た。

「天幕の中にいたのでは、宮殿にいるのと変わらぬ」

上から威厳のある声が落ちてくる。それほど大きな声ではないのに、腹の底に響くような強さがあり、ひれ伏す者を支配した。

声の主は綜劉《そうりゅう》、旺璃国《おうりこく》の若き王である。

(輿に覆いも掛けぬとは……)

丘の頂上に置かれた本陣の最奥に、錦《にしき》の天幕で覆われた御座所《ござしょ》が設置されている。王はそこで指令を出し、攻防の報告を受けることになっていた。

王が討たれたら敗戦となってしまうので、敵方から本陣の中まで攻め込まれない限り、戦の間は天幕から出ることはない。

覆いのない無防備な輿に乗っているということは、敵軍の陥落が目前となった今、砲弾が届く危険性がなくなったと判断したかららしい。

顔を上げると、輿の上に設《しつら》えた椅子に腰かけた綜劉と目が合った。宝玉で飾られた冠《かんむり》を被り、光沢のある黄金の生地に龍《りゅう》や獅子《しし》が刺繍《ししゅう》された衣服を身に着けている。

意志の強そうな眉の下にある切れ長の目は、鋭いけれど魅力的だ。高い鼻梁ときりっとした口元に、精悍な美丈夫という印象を受ける。見上げる熔雪に、自信を滲ませた表情を向けていた。

「最後は自分の目で見届けることにした」

言いながら輿を下ろすよう命じる。落ち着いた声ではあるが面差しは若い。二十歳を三つほど超えたばかりなので当然だが、きつめの眉とすべてを見据えてきたような深みのある瞳には、歳に似合わぬどっしりとした威厳があった。

「討伐《とうばつ》まであと一息です」

綜劉の凛々しい姿を見上げて答える。中原《ちゅうげん》屈指の王になるだろうと幼少の頃から言われていた綜劉は、熔雪にとって憧れと崇拝の対象だ。

「あの砂埃の中に兄がいるのか」

豪奢な飾りが施された椅子から腰を上げ、砦の方向に顔を向けて目を細める。

数人の馬に乗った隊列が、もの凄い速さで砦を目指して走っていた。追う者を寄せ付けない速さと、鞍《くら》や革鎧《かわよろい》につけた飾りの煌びやかさに、身分の高さが現れている。敵の頭に間違いない。

「類《るい》様の軍は砦に向かってまっすぐに逃走しております。我が弟、節儀《せつぎ》の軍勢が既に砦を制圧していることに気づいていないのでしょう」

「おまえの弟か……。昨年末に急死した父親の跡を継いで、東家の当主となったのだったな」

「はい。先月正当な跡取りの儀式を終えて、無事に太守《たいしゅ》の位を授かりました」

熔雪は妾腹《しょうふく》の生まれで、弟の節儀は正妻の子だ。旺璃国では、どれだけ歳が下であろうと、跡継ぎは正妻の子と決められている。なので、亡くなった父の跡を二歳年下の節儀が継ぎ、東家の当主になったのである。

「今回の戦では、おまえの方がはるかにいい働きをしたのに、それで良いのか」

熔雪は進士として衛将軍《えいしょうぐん》の下で働いた。王に代わって戦の指揮を担う衛将軍は年老いており、戦場で指揮をするだけの体力がない。

作戦を立てて王軍を統率し、数々の戦いを勝利に導いていたのが熔雪だというのは、王を始めとして誰もが知っていた。

しかし、どれだけいい働きをして功績を挙げても、東家当主の座に就くことは叶わない。なので王は、熔雪がそれで納得出来るのかと問うたのである。

「もちろんです」

即座に王へ答えた。

「おまえの弟は、戦が終われば東の太守として皆にも認められるだろう。砦をひとつ落とすだけで太守として敬われる弟が、本当に憎くはないと？」

問いかけに熔雪は首を振る。

「憎いなど、考えたこともございません。なにより、東家の当主が太守と認められますのは、大変喜ばしいことです」

太守とは大臣のことである。旺璃国では、東家・西家・南家・北家の四家が大臣を務めることになっており、その長が太守と呼ばれる地位に就くことが出来た。

「簡単に太守になった弟に悔しさは感じないと？」

更なる質問にうなずく。

「分不相応な地位を欲することは、争いと災いに繋がります。それは誰のためにもなりません」

きっぱりと答える。

「おまえは歳も上だし、あの弟より優れていると誰もが認めているぞ？」

綜劉の言葉に、熔雪は下げていた頭を上げた。

「どうしてそのようなことをおっしゃるのです」

腕を組んで見下ろしている綜劉を見つめる。熔雪と目が合った王は、眉を寄せて難しい表情を浮かべていた。

「私は、おまえの弟と同じ立場だからな……」

「は……っ？」

「逆の立場の者の意見を聞いてみたかっただけだ。だがまあ、国と家とでは重さが違うな」

「はい」

比較にはなりませんとうなずいた。国を統《す》べる王位と家の長とでは、色々な意味で雲泥《うんでい》の差がある。

「だが、重さに関係なく、身内の争いはない方がいい」

再び砂埃が立ち上る砦の方角へ目を向け、愚かな兄だとつぶやいた。

綜劉の兄である類皇子は五歳年上だが、正妃ではなく後宮妃の子だ。後宮妃とは、後宮で王の寵愛《ちょうあい》を受けるだけに集められた女で、身分はそれほど高くない。しかし、それまで倖王《こうおう》には皇子がいなかったため、生まれてから五年の間は類皇子が世継ぎの太子として育てられた。

その後綜劉が正妃から生まれ、世継ぎの座は正妃の皇子に移動する。旺璃国では家の跡継ぎと同様に、王位も正妃の子が優先となるからだ。

しかし、その古くから続く慣例に、類皇子と彼の周りにいる者達は納得出来なかったらしい。二年前に倖王が崩御《ほうぎょ》し、綜劉が旺璃国の王として即位しようとした時に反乱を起こした。

当初はすぐに決着がつくかに思えたが、内乱は意外に長引く。

東西南北の四家ばかり優遇されることに、新興の貴族や勢力が不満を抱いていた。二十一歳の若い王に不安を抱く者も少なくなく、そういった理由で類皇子側についた者達が予想より多かったのである。

内乱は一年を過ぎると泥沼化し、このまま旺璃国は分裂するかに見えたのだが……。

半年前、熔雪が進士として召集され、衛将軍の下で働き出してから、形勢は一気に王軍に傾いた。

悉《ことごと》く反乱組織を制圧し、敗走する類皇子軍を捕らえる目前のところまできたのである。

「おまえを進士に据えて正解だったな」

安堵《あんど》と満足を合わせた表情で、綜劉は熔雪に声をかけた。

「わたしのような者を覚えていてくださり、呼び寄せて衛将軍の進士にしてくださった主上の采配《さいはい》に、大変感謝しております」

「忘れるはずがない。おまえの優秀さは子どもの頃に、嫌というほど見せつけられていた。私でなくとも、同じ経験をした者なら必ず呼び寄せるだろう」

熔雪は幼少の頃、遊び相手として東宮殿《とうぐうでん》で綜劉とともに暮らしていたことがあった。東家の正妻に跡継ぎの男子が生まれ、庶子《しょし》の熔雪が跡継ぎの座から下ろされ、厄介払いを兼ねて出されたのである。皮肉にも、熔雪は綜劉の兄と同じような立場だったのだ。

当初は遊びの相手をするだけのはずであったが、ひとりで学ぶよりも他者と机を並べた方が、競争心が芽生えてやる気になると、熔雪も綜隆と一緒に、武術や兵法などの勉強をさせられたのである。

武術は綜劉に敵わなかったが、兵法は熔雪の方がずっと呑み込みが早かった。先に理解した熔雪が、綜劉に教えたりしたこともあった。

「あの頃、主上と学ばせていただいた兵法が役に立ちました」

そしてあれが現在に活かされた結果だ、と、後ろの砦のことを告げる。

「何が幸いするかわからぬな……っ?」

笑いながら砦に目を向けた綜劉が、ふっと眉を顰《ひそ》めた。

「なにか？」

振り向いて熔雪も砦に目をやる。

そこには、不可解な光景が広がっていた。

類皇子達を捕らえようと構えていた兵の姿が、砦から忽然《こつぜん》と消えている。

（兵はどこだ？）

草原を囲むようにそびえ立つ、高い岩場をくりぬいた砦の切通《きりどお》しはがら空きだ。類皇子達は難なくそこを通過し、砦の向こうに広がる荒地へと逃げていく。

「そんな……。どうして砦を空けて素通りさせてしまっているのだ？」

熔雪は驚愕の表情で疑問を口にする。

「何かが入ってきたな」

綜劉のつぶやきに、砦の手前に目を向けた。類皇子達と入れ替わるように、見慣れぬ旗を掲げた軍勢が砦の切通しを逆走し、草原へとなだれ込んでいる。

「あれは白乾国《はっけんこく》の軍隊では？」

（いったい何が起こっているんだ！）

砦を護っていた旺璃国の兵達がこちらに戻ってきていた。砦の外から侵入してきた白乾国の軍勢が、それを追いかけるように進んでいる。

「白乾国の軍が襲ってきたために、砦を捨てて逃げてきたということか。しかし、東太守からそのような報告は一切なかったが……」

訝しげに綜劉が目を細めた。

砦の向こうは広大な荒地になっている。隣国の白乾国など諸外国とは街道で結ばれているが、砦からの見通しは良好だし街道の随所に見張りの塔が設けてあるので、他国の軍勢などが近づけば数日前から把握出来るはずであった。

あの砦を任されているのは東家である。もちろん街道の見張りも含まれており、その責任者は東太守を務める熔雪の弟だ。

(いったい節儀はどこに?)

この失態はどうしたことかと、戻り来る軍勢を見下ろす。

先頭を走る馬の胴体には錦の布が掛けられている。たてがみに金の房が揺れ、豪奢な飾りが煌めいているので、弟の節儀が乗っていると思われた。

(逃げずに白乾国の軍に立ち向かわねばならぬのに)

相手を本陣まで案内してどうするのだと、熔雪は王軍に守備の命令を下すべく足を踏み出す。

本陣にいる王軍は既に異変に気づいて、各班長が白乾国軍と対峙《たいじ》する準備を始めていた。ここには王軍の半数を引き連れているので、数百の軍勢などひと捻りだ。熔雪がひと声かければあっという間に終わる。

(白乾国も愚かなことを)

わずか数百とはいえ、白乾国の王は自国の兵を無駄死にさせるのだ。隣国の王の奇妙な行動に首をかしげる。

(とにかく、逃げ戻ってきた節儀の失態を挽回《ばんかい》させなければ)

相手に背を向けていた東太守隊を回れ右させ、戦わせるのが先決だ。矢も大筒《おおづつ》の砲弾もたっぷりあるはずだから、難しいことではない。

そもそも、砦で白乾国軍に大筒を撃ち込めば簡単に解決したのである。

(なぜそれをせずに逃げたのだろう)

怪訝《けげん》に思いながら、本陣に迫ってきた節儀に方向転換をして戦えと声をかけようとしたところ……。

「……?」

節儀がいると思える場所から大筒の音が聞こえてきた。

「どういうことだ?」

発射された砲弾は、煙の尾を引いて本陣へと飛んでくる。しかもそれはひとつではなかった。何発も続けて本陣に向けて撃たれている。誤爆ではなく意図的にこちらを狙って撃っていた。

（馬鹿なっ！）

まるで節儀の隊は、白乾国軍の先鋒《せんぽう》を務めているかのように撃ち込んでくる。砲弾は本陣のあちこちに着弾し、爆発音と兵達の叫び声が地響きとともに伝わった。

「なぜこんな？」

信じられない面持ちで本陣の惨状《さんじょう》を見つめる熔雪の目に、砲弾が天幕に着弾するのが映る。轟音《ごうおん》とともに天幕が吹き飛び、激しい地響きが伝わってきた。

もしあそこに綜劉がいたら、今の攻撃で命を落としていたに違いない。熔雪のいる丘まで様子を見に来ていたのが幸いした。

「おまえの弟は裏切ったようだな」

驚愕の表情のまま見つめる熔雪の背中に綜劉の声が届いた。

「は……い。そのようです……」

熔雪は綜劉の言葉で、弟が謀叛《むほん》を起こしたことを確信した。理由はどうあれ、節儀と彼の率いる軍隊は、現在裏切り行為を行っている。

（節儀……なんということを……）

信じられないことだが、弟は類皇子側についたのだ。砦から類皇子を国外へ逃がし、皇子の母の実家である白乾国に助けを求めたに違いない。

睨むように見下ろすと、更に近づいていた節儀の隊から今度は矢が射たれていた。矢は熔雪のいる丘の方にも飛んでくる。

(主上は?)

とにかくまず王を安全な場所へと移さねばと振り向く。綜劉は既に輿に乗り、天幕の方へと動き出していた。

「主上! 天幕は狙われていて危険です!」

声を上げて駆け寄る。

「天幕は既に攻撃済みだ。同じ所を狙ってくることはまずない。ここに同行していた丞《じょう》相《しょう》に、西翼から迎え撃つよう指令を出した。この風向きなら楽勝だろう」

余裕の笑みを浮かべて言う。

「よい策だと思います。ではわたしは西翼に向かい、指揮をとってまいります」

「いや、おまえは行かなくていい。現場は危険だ」

綜劉に止められた。

「主上を危険からお護りするのがわたしの仕事です」

自分を危険から護っていては役割を果たせないと心の中で続け、西翼に向かおうと立ち上がる。ほぼ同時に、綜劉に向かって矢が飛んでくるのが熔雪の目に映った。

「主上! 伏せてください!」

右手で剣を抜き、左手で綜劉を庇うように矢に立ち向かう。

遠距離で、しかも下から射ってきているために速度は遅く勢いもない。自分達に当たりそうな矢を熔雪は次々と剣で打ち払う。

しかし、大粒の雨が降ってきたかのように、矢の本数が多かった。綜劉を庇っていることもあり、当たりそうな矢をすべて払うことは不可能である。数本が熔雪の鎧に突き刺さった。

「うっ！」

呻き声が喉の奥から漏れ出る。

「どうした！」

綜劉の声がした。

「なんでもありません。わたしの鎧はこの程度の矢は通りませぬゆえ」

答えながら肩に刺さった矢を抜く。

「ふっ……くっ！」

痛みに顔が歪みそうになるが、必死に堪えた。

(今は自分のことより主上を護り、裏切った弟を倒さなくては)

休んでなどいられないと、自分で自分を叱咤激励《しったげきれい》する。

「あそこの岩場の陰に弩師隊《どしたい》がいるはずだから回り込め。主上を天幕へお運びして、ここに大筒を移動せよ」

大声で護衛兵を呼び寄せた。

「西翼から攻める隊が敵方を東に押しやったら、一気に撃ち込め！」

なおも降ってくる矢を剣で振り払いながら、砲兵達にも指示を与える。

「熔雪、おまえも天幕へ来い！　怪我をしているだろう」

盾を持った兵が到着し、綜劉の周りを囲み始めた。天幕へと移動を始める中で、熔雪に声をかける。

「わたしは大丈夫です。主上は急いでお戻りを！」

と叫んだところで……眼前がすうっと暗くなる。

（しまった！）

しっかりした鎧であったが、肩の関節部分の隙間に矢が刺さっていた。その鏃《やじり》に塗られた毒が全身に回ったらしい。

（まだここで倒れるわけにはいかない！）

と思ったが、無情にも意識は途切れた。

2

鏃の毒のせいで、熔雪は半月以上寝たきりであった。なんとか回復し、普通に生活出来るようになったのは、戦が終わってひと月経った頃である。

しかしそれは、新たな試練の始まりでもあった。

「おまえはわしの下でよく働いてくれた」

衛将軍の屋敷に呼ばれて、熔雪はねぎらいの言葉をかけられる。しかし、衛将軍の表情は厳しく、このあと良くないことを告知されるのは明らかだった。

なんといっても、東家は裏切り者の家なのだ。東太守自らが王を裏切り、王の敵を助けて敵国へ逃げてしまったのである。

「東太守の謀叛による被害は甚大《じんだい》でのう。おまえが矢傷に倒れる直前に出した指示で敵は逃走し、戦いに終止符を打つことが出来たのは事実なんじゃが……」

残念そうに肩を落とす。

「平和を取り戻しつつある今もまだ、類皇子と、そして裏切って一緒に逃げた東太守に、人々は憤っておる。東家は取り潰しとなったし、兄であるおまえをそのままにはしておけないのじゃ」

　わかってくれという目を向けられる。

「はい。承知しております」

　熔雪は頭を下げた。

「というわけで、進士の任は解かねばならぬ。おまえほど優秀な部下は二人と現れないじゃろう」

　残念そうに言うと、衛将軍は大きく息を吐いた。

「東太守の謀叛がなければ、主上はおまえに何か位を授けたいと、戦中に何度もおっしゃっておいでだった」

　俯いていた熔雪は驚いて顔を上げる。

「わたしに位を?」

　位を授かるということは、王宮殿に昇殿《しょうでん》することが許されるということだ。通常、王のいる御殿に足を踏み入れられる重臣は、太守以上である。警護する殿士《でんし》や御殿の召使い以外で、一般の人間が昇殿《しょうでん》することは出来ない。

　太守の家の年若い庶子が位を授かったら、異例中の異例になるはずだったという。

(主上がそれほどまでにわたしを買ってくださっていたとは)

胸の奥に嬉しさが込み上げてくる。弟の謀叛で叶わなかったとはいえ、それだけでもありがたいと思った。

「処分は解任だけではない」

嬉しさを噛み締めていた熔雪に、衛将軍の厳しい声が届く。

「はい」

わかっていますと再び俯いた。

「今回の戦いで挙げたおまえの功績を考えれば、処刑や投獄はあまりにも無情すぎる。だが、解任して下放《かほう》するということも叶わぬ。弟のように裏切り、隣国と通じて情報を漏らされたら困るからのう」

白い髭《ひげ》を撫でながら言う。

「そのようなことはいたしません」

自分は弟とは違うのだと主張した。

「わかっておる。だが、おまえは進士としてこちらの情報を知りすぎている。主上はそこが不安だと申されておる」

衛将軍の言葉に衝撃を受けた。

「わたしに……主上が不安を？」

国のため、主上のためと精いっぱい尽くしてきた。それなのに、裏切り者の兄となったことで信用を失ってしまったのだ。

熔雪は愕然《がくぜん》とした。主上からの信用や信頼を失ってしまったということに、進士の任を解かれるよりも大きな衝撃を受ける。

「それでな。おまえには……」

衛将軍は困った表情で目を伏せると、

「……しばらく主上の丞犬《じょうけん》となり、昼夜控えよ、との命が下った」

大層言いにくそうに告げた。

「じょう……けん？　わたしに、宦官《かんがん》になれと？」

王とその妃が住まう後宮には、後宮の雑事や貴人の世話をするために、男性器を切除した宦官がいる。それらにも様々な位と仕事があり、丞犬とは、王の側に昼夜控えているだけの、犬のような役目をしている宦官だ。

とはいえ、丞犬にされた宦官というのを近年聞いたことがない。三代前の王が外国との戦で捕虜となった者を数人、見せしめのために短い期間であったが丞犬にしたという噂を聞いたことがあるだけだ。

そのような屈辱的な処遇にされたことに驚き、熔雪が目を見開いて立ち尽くしていると、衛将軍はわかっているとばかりにうなずいた。

「まあ、東家の人間を宦官にするわけにはいかぬからのう。昼間だけだと思うが……よりにもよって丞犬とは、厳しすぎる処遇じゃ」

見せしめとしてしばらく飼い犬のように大人しく繋がれていろということらしい。

「わかりました」

そこまでのことを弟の節儀はしてしまったのだ。どのような処分が下されても、受け入れなくてはならない。失ってしまった主上の信頼を、これで少しでも取り戻せるならいいではないかと、自分を納得させる。

そこで、自分の処分をよくよく考えてみてはっとした。

(ということは、わたしはこれから、昼間はずっと主上といるということに？)

憧れの王宮殿で、主上の近くにいられるのである。懲罰なのに、なぜか心の奥に妙な高揚感を覚えた。

(綜劉様だからだろう)

幼少の頃から、綜劉は熔雪の憧れであった。同い年とは思えぬ自信に満ちた笑顔と威厳を感じさせる態度。多方面に及ぶ並外れた能力には、ついひれ伏してしまう。

強烈な生命力を感じさせる太陽と知的な月の面を併せ持つ支配者に、ずっと惹きつけられていた。その綜劉の側に控えることが出来るのである。

しかし、現実はそれほど甘くはなく、そのことを知るのに時間はかからなかった。

数日後。

熔雪は召喚《しょうかん》の命を受けて王宮に昇殿した。

璃和門《りわもん》をくぐり、王のいる旺璃宮《おうりきゅう》の前殿《ぜんでん》に足を踏み入れる。

（なんと豪奢な……）

思わず息を呑んだ。黄金の飾りを多用した柱や壁、絵や彫刻の施された内装など、圧倒されるような豪華さである。高価な瓦や希少な塗料をふんだんに使った外観も素晴らしいものであるが、中は別次元の美しさだ。

進士に任命された時に入った事しかないが、以前の王宮殿とは全然違う。戦が終わり、宿敵を倒して自他ともに認める王となったことを示すためなのか、王宮は以前にも増して豪華絢爛《けんらん》に改築されていた。

（そういえば、王宮殿だけでなく、街中にも華やかさが戻っていたな）

自分が伏せっていたひと月余りで戦の暗さは消え、明るく華やかな世界に変貌していたのである。

前殿から本殿である璃和殿《りわでん》に入ると、宝玉や金銀を用いた更に煌びやかな空間になっていた。そこで膝をついてしばらく待っていると、奥の重厚な扉が左右同時に開かれる。沓《くつ》音《おと》が聞こえてきて、熔雪は緊張しながら頭を下げた。

「もう怪我の具合はいいのか」

入ってきた綜劉から問いかけられる。

「おかげさまで快癒《かいゆ》いたしましてございます」

熔雪は頭を下げたままの姿で答えた。

「そうか……」

あまり感情の感じられない声である。怒っているという雰囲気ではないが、好意的でもない。自分の弟である節儀がとんでもないことをしたのだから当然だ。

「主上には大変申し訳ございません」

謝罪の言葉を口にした。

「私の命令を聞かぬから怪我などするのだ」

ぼそっとつぶやかれる。

(命令を聞かなかった?)

はっきりと聞き取れなかったが、この場所で主上に向かって訊き返すことは不敬にあたる。

「あの……。我が弟が、このたびは取り返しのつかぬことをいたしてしまいました。その責と罰はいかようにも受ける覚悟にございます」

とにかく謝罪の意を伝えなければと思った。弟の裏切りに加えて、自分が怪我をしてしまったため、主上をお護りする任務すら果たせなかったのである。今日ここで綜劉の無事な姿を見てほっとするとともに、改めて申し訳ない気持ちでいっぱいになった。

（この方を危険に晒すような状況には二度とさせたくない）

心の中で強く思う。

「もちろんだ。衛将軍から伝えられていると思うが、おまえへの罰は丞犬だ。わかっているな」

綜劉の厳しい声が届く。

「はい。承知いたしております」

「これからは、昼も夜も犬のごとく私の側に控えていろ」

「夜も……でしょうか？」

つい訊き返してしまった。主上は後宮で夜を過ごす。後宮には、主上以外の男は男性器を切り取った宦官しか入れない。

しかし、

「昼だけの丞犬など意味がない」

やはり夜もだと言われる。

（ですが……）

熔雪は戸惑う。

(主上はわたしに宦官になれというのだろうか。しかし、今すぐあの身体になるのは無理だ。それほど簡単なことではない)

だがもし命令なら、今の熔雪には受け入れるしかない。とはいえ、それならば昇殿の命令を出す前に伝えられ、それなりの準備を終えてから召喚するはずだ。

「中丞相《ちゅうじょうしょう》、持ってこい」

熔雪が逡巡《しゅんじゅん》していると、綜劉が奥に向かって命じた。

右の扉から、黒い宦官服を着た男が、すうっと本殿に入ってくる。額と肩で髪を切り揃え、吊り上がった眉と一重の細い目が冷たさを漂わせていた。

(あれが中丞相か……)

中丞相とは、宦官の最高位の役職である。普段は後宮内にいるので、公の殿中に出てくるのは稀だ。熔雪も初めて目にするのでつい見つめてしまう。

床を擦るように歩く中丞相は、凝視している熔雪の前まで来ると持っていた箱を床に置いた。朱塗りに金色の雲紋《うんもん》が描かれていて、蓋《ふた》に禄《ろく》という文字が書かれている。禄というのは主上が仕える者に下賜する金品のことを示す言葉だ。

中丞相が蓋を外すと、中に藤色に銀の糸で刺繍が施された布が入っているのが見える。掴んで持ち上げられたそれは、とても綺麗な長袍《ちょうほう》だった。

「こちらにお着替えくださいませ」

熔雪にかざして中丞相が慇懃《いんぎん》に告げる。

「これは……宦官服ではないですよね？」

中丞相が着ているような黒い宦官服ではないのかと、首をかしげて綜劉を見る。

「黒い犬は好きではない。それに、丞犬として連れて歩くなら綺麗な方がいい」

中丞相は綜劉の言葉を聞くと薄く笑みを浮かべ、長袍を箱に戻して立ち上がる。

「わたくしはこれにて……」

深々と頭を下げたあと、右の扉の向こうに消えていった。


藤色の長袍は裾がくるぶしまであり、宦官服とは似ても似つかぬきらびやかさがあった。脇に切れ込みが入っていて、大股で歩くとふくらはぎが見える。通常は下に足首を絞った下衣を着けるのだが、長袍しか許されなかった。熔雪が宦官でも官吏《かんり》でも太守でもないことを強調しているかのような服である。

東家の血を引き、進士を務めていた者にとって、これは屈辱的な格好だ。熔雪は悔しさと辛さに唇を噛み締める。

着替えた熔雪を、綜劉は笑みを浮かべて迎えた。

「なかなか綺麗な丞犬になったな」

褒め言葉とは思えないが、意外にも嘲笑しているとも取れぬ口調である。

「ありがとうございます」

よくわからないが、一応礼を述べておく。

「これから思政殿《しせいでん》で軍備について閣議が開かれる。おまえは後ろで見ていろ」

「はい」

「絶対に口を出すな。普段もそうだが、丞犬に発言権はない」

「……承知いたしましてございます」

もともと自分は、閣議に口を出せるような身分ではない。それよりも、閣議というものを直に見られることに興奮する。

思政殿に行くと、丞相を始めとして太守や将軍、軍司馬《ぐんしば》などが集まっていた。綜劉の後ろに控える熔雪に気づくと誰もが驚くが、綜劉から丞犬にした旨を伝えられると皆納得し、すぐに慣れて空気のような存在となる。

だが、熔雪の方はいつまでも慣れることが出来なかった。

初めは興味深く閣議を見ていたのであるが、その内容には黙っていられないような箇所がいくつもある。置物のように部屋の隅に立たされているだけで、話し合いに一切口を出せないところがひどく辛かった。

（そこはもっと護りを固めないといけないのに）

太守達が綜劉に提示する案には、そこかしこに穴が見受けられる。特に、軍司馬の重要度を考えずに導入する軍備には、受け入れ難いものがいくつもあった。

戦時中にも、上層部の用意した軍備に不満があったことを思い出す。

（もう少し実戦に即した軍備をしておけば、類皇子との戦いもあれほど時間をかけずに勝利出来たはずなのに）

首脳陣がこのような閣議をしていた結果、あのような軍備になったのだということを改めて知って驚く。そして、それらにほとんど綜劉が口を挟んでいないことに、違和感を覚えた。

綜劉ほどの人間なら、駄目な箇所がわからないはずはない。しかし、後ろからではあるが彼の横顔は、満足そうに彼らの軍備計画を聞いているように見える。

「主上。あれでは駄目だと思いますが」

話し合いが一段落し、璃和殿で昼餉を摂る綜劉へ思い切って話しかけた。

「なんのことだ？」

璃和殿の庭園に、広い走廊《縁側》が張り出している。走廊に置かれた椅子に腰かけ、次々と卓に運ばれてくる料理を口にしながら綜劉が返事をした。

「兵の配置も武器の購入計画も、少々杜撰《ずさん》ではな……」

「黙れ」

言葉を途中で切られる。

「丞犬が政《まつりごと》に口を出すな」

厳しく咎められた。

「ですが」

黙ってはいられないと思ったが、

「私の言いつけが守れないなら、口枷《くちかせ》をして四つん這いにさせるぞ」

綜劉の厳しい言葉に口を閉ざす。料理を運ぶ女官がくすくすと笑っている。

(大事なことなのに……。丞犬というのは、このような時でさえ意見を言えないのか)

口枷で四つん這いにさせられてもいいから訴えたいと思うが、綜劉の聞く耳を持たぬという態度を見ると無駄に終わりそうだ。

しかし、あれでは主上の身に危険が及ぶかもしれない。二度と綜劉を危険な状況に置きたくない熔雪にとって、危険を回避する方策を聞いてもらえないのは辛い。

(ひとつだけでも提案を聞いていただけたら)

悔しい気持ちで下を向く。俯いた熔雪に、女官から皿が差し出された。蒸した河海老《かわえび》と空豆を胡麻《ごま》油で和え、旺璃国特産の香菜《シャンツァイ》をちらした料理である。

手にしていた箸で豆を摘まみ、口に運んだ。ほわっと胡麻油の香ばしい香りと空豆の柔らかな食感が口の中に広がる。

毒殺を防ぐために、綜劉の元へ運ぶ前に女官が数人、箸をつけるのだ。最後に丞犬である熔雪が箸をつけ、給仕に渡すと料理を整えて綜劉の前に置かれる。

綜劉は女官や給仕と他愛のない話をしながら、ゆっくりと食事を続けた。しばらくすると、パタパタと召使いが廊下をやってくる。

「主上。丞相様が参りましてございます」

膝をついて報告した。

「まずは丞相から来たか……」

予想していたという表情でつぶやきながら、綜劉が食事の卓から立ち上がる。走廊から宮殿内へ向かおうとして、

「おまえは来なくていい」

ついて行こうとしていた熔雪を止めた。

「話が終わるまで、ここで食事をしながら待て」

と命じられる。

「はい」

丞犬は命令にうなずくしかない。

綜劉の後ろ姿を見送ると、熔雪は自分用に用意された椅子に腰を下ろした。数十人は楽に食事が出来る量の料理が卓に載っている。

「まあ、丞犬から先に食事ですって」

箸をつけようとした熔雪の耳に、女官の嫌味な言葉が届く。

「丞犬といっても、元は東太守家の人間だからねえ」

王の食事が終わると、残った料理はまず正妃や重臣達に分け与えられ、殿士や文官や女官達へと下げ渡されていく。綜劉はまだ正妃を娶っていないので、璃和殿では位の高い殿士や文官から食べることになっていた。

ひそひそと自分を蔑む言葉が聞こえてくる。

(わたしとて、食べたくはない)

数十皿に及ぶ毒見で既に満腹だ。だが主上の命令なのだから、形だけでも食べなければならない。

満腹とはいえ、国内外から集めた宮廷料理人が腕をふるって作っただけあり、口に入れた料理の味には唸らされる。

(すごいな……)

目の前にあるのは、滅多に口に出来ない高価な食材で作られた料理や珍しい果物、名前を耳にしたことしかない珍味など様々だ。

卓の真ん中に置かれた大皿には、すべて食材で描かれた鳳凰《ほうおう》がいる。西瓜《すいか》に彫られた馬車は秀逸で、大皿に雲丹《うに》で描かれた魚は今にも飛び出してきそうだ。食べるだけではなく、見て愉しむための料理も多々あった。

旺璃国の王になった綜劉の力の大きさが、料理を見ているだけでも実感出来る。だが、これを維持していくには、あの軍備では不味いのではないか。

先ほどのことが思い出され、熔雪は眉間に皺を寄せる。

(そういえば、主上は丞相殿と何を話し合っておいでなのだろうか)

気になった。綜劉は丞相が来ることを予想していたようだ。それはいったいどういうことだろう。なぜ自分を同行してくれなかったのだろうか。

(……大切な話だからわたしに聞かれたくなくて?)

そこで、自分は綜劉から信用されていない、という考えに至る。

閣議など、半分儀礼的なものは参加させるが、機密事項が含まれる個別の話合いは聞かせたくないのかもしれない。

(そうだよな……)

丞犬にして側に置くのも裏切りを防ぐためなのだから、重要な話になど臨席させられるわけがない。当然だと思う。

しかし、そうとわかっていても辛い気持ちになるのは否めない。以前の熔雪は、綜劉の信頼も厚い臣下だったのである。

丞相との話し合いが終わると、午後も軍備についての閣議になった。

もちろん丞犬は見ているだけで、意見を述べることは許されない。相変わらず熔雪にとっては不満の多い内容で、時には苛々《いらいら》が募ることもあった。

先ほども軍司馬が稚拙《ちせつ》な意見を述べていて、

「鉄鎧《てつよろい》をもっと増やしましょう。外国のものが安く売りに出ているんですよ。高価な革鎧ひとつ分の費用で三つも買えるんですわ。今が絶好の機会だと商人も言っとります。これで装備の費用が三分の一になって節約ですな。ふぉっふぉっふぉっ」

（またあのような購入計画を……。鉄鎧など重いだけで役に立たないから、どこも不用になって放出しているだけなのに）

稚拙な意見と頭が痛くなるような笑い声を苦々しく思う。

「鉄鎧は重いからのう。わしのような年寄りには向かぬ。まあ、鉄を再利用して武器や弾薬にするという手もなくはないが、それなら鉄鉱石を購入した方が安い。これからは資源を輸入する方がいいじゃろう」

という衛将軍のように聡明な意見を述べる者もいるが、

「これだから年寄りは困る。頑固で古くさい。資源などよりすぐに使える鎧の方がいいではないか。もう注文はしてあるのだ。軍司馬のわしに任せてくれ！」

年寄りの案は却下され、声の大きな軍司馬の意見が通ったりする。

やっと内乱が終わって平和を取り戻した国の行く末が、心配になってきた。

（これが毎日続くのか……）

日が落ちるまでずっと話し合いが続く。綜劉だってあれでは駄目だとわかっているはずなのに、なぜ平静を保ちながら聞いていられるのだろうか。

敵である類皇子を、熔雪の弟のせいで捕まえられなかった。旺璃国の宿敵ともいえる白乾国に逃げられ、いつまた戦をしかけてくるかわからない状態である。

ここで備えに失敗すれば、また泥沼の戦いになってしまうだろう。それを綜劉にわかって欲しいのに、説明する機会も与えられない。

（黙って立っていなければならない丞犬の立場がもどかしい）

悶々としながら綜劉の後ろについて歩く。あまりに頭の中でぐるぐると考えを巡らせていたせいで、

「ほうぅぅ――い」

という大きな声が聞こえてくるまで、自分がどういう状況にいるのか見失っていた。

二匹の龍が巻きつく模様の彫られた黒い扉が、綜劉の目の前で左右に開こうとしている。

(ここは)

扉の向こうに、真っ黒な服を着た宦官達がいて、膝をつき背中を丸めて、頭を床に着くほど下げて並んでいた。その先頭に、今朝熔雪に丞犬服を持ってきた中丞相と思える宦官が、膝立ちで頭を下げている。

(向こうは後宮……!)

紫檀《したん》に金の飾りがついた灯籠《タンロン》がずらりと並んでいた。その下に芍薬《しゃくやく》の花の鉢が置かれ、灯籠から発せられた光で薄紅色に発光している。

芍薬の清楚な甘い香りが漂ってきた。

今までいた場所とは別世界のように妖艶な後宮の雰囲気に圧倒されていると、綜劉が後宮の中へと廊下を歩き出す。

もちろん熔雪は後宮へ入るわけにはいかない。あそこに入れる男性は主上だけだ。と思って、綜劉の背中を見送っていたのだが……。

数歩前に進むと綜劉は足を止めた。

「何をしている。早く来い」

振り返って熔雪に言う。

「えっ? あの、わたしは……」

ここに入るわけにはいかないと首を振る。

「早くお入りください。いつまでも扉が閉められません」

中丞相が軽く眉間に皺を寄せて熔雪を睨んだ。熔雪の左右には若い宦官が二人、後宮の黒扉を持ったまま立ち尽くしている。

「わたしは宦官の身体ではございません」

熔雪が答えると、中丞相は眉を上げてうなずいた。

「承知しております。入られましたらすぐに処置をいたします」

(処置？　まさかここで切るわけではないよな)

後宮には宦官の身体にするような施設はない。あれは城下の専門の場所で処理してくるものだ。ここで切ることは死刑を意味する。

そういうことなのかと、身震いしながら後宮に足を踏み入れる。顔が映るほど磨かれた廊下に、熔雪の履いた沓がきゅっと音を響かせた。

綜劉は熔雪が後宮に入ったことを確認すると、再びまっすぐ奥へと歩き始める。後ろで大扉がきしみながら閉じられ、太い閂《かんぬき》がかけられた。

「あちらへどうぞ」

綜劉が歩いているのとは別の、左手にある廊下を中丞相が示し、先導するように歩いていく。その廊下にはいくつもの扉が並び、それらが後宮を護る衛宦官《えいかんがん》の部屋であることは書物で読んで知っていた。

しばらくすると外廊に出て、更に奥へと進む。後宮の建物を、外からぐるりと半周するほど歩かされた。外廊の最奥に格子の扉が開かれている部屋が見えてくる。

「ここが犬房《けんぼう》。丞犬の寝所です」

扉の手前で立ち止まった中丞相が告げた。

犬房とは犬小屋のことである。とはいえ、黒い格子扉が手前と奥の二箇所あるだけで普通の部屋だ。金の鳳凰が描かれた赤い灯籠が吊るされ、寝台と机卓、椅子が設えられている。

「外から鍵をかけるので、明朝までここから出ることは出来ません。あちらの壁側にある扉は、主上の御寝所《おやすみどころ》に繋がっておりますが、主上の側からしか開きません。主上は別の寝所を使われることが多いので、こちらには滅多にいらっしゃいませんが……」

「そうですか」

それならわざわざ後宮内に泊まらせなくとも、璃和殿の詰め所に殿兵《でんぺい》と寝泊まりさせればいいのにと思う。

「もうひとつ鍵をかけさせていただきます」

中丞相は机卓に載せられている平たい箱の蓋を開いた。

「これは？」

巻紙と指二本くらいの太さの茶色い物体が中に入っている。

「網の袋？」

革紐を袋状に編んであった。

「犬房といえどもここは後宮です。暫定処置ですが、これを装着して擬似的に宦官になっていただきます」

（これで？）

一瞬どういうことか理解出来なかったが、細い鎖と小さな錠前が袋についていることで意味を悟る。

「職人などが後宮で作業をする際に装着する拘束帯です。こちらに手順が記載されておりますので、その通りに装着してください」

中丞相の説明にうなずく。

「出来ましたら呼んでください。鍵をかけます」

熔雪に告げると犬房から出ていった。

（処置とはこういうことか……）

部屋から遠ざかっていく中丞相の足音を聞きながら、熔雪は巻紙を手にする。蝋燭の点る机卓に広げ、しばらくそれを読んだ。

局所を清拭《せいしき》したあとに網の袋を嵌め、鎖を腰に回して緩みのないように締めたのち、錠前を通す。とある。清拭用の布も机卓に載っていて、仄かに芍薬の香りがした。

(仕方がない)

ひとつ息を吐き、長袍を留めている飾り釦《ボタン》を外して前を開いた。長袍の中は下着の袴褌《くき》だけである。

袴褌の紐を引き、局所を覆っていたそれを取ると自身が露わになった。外の空気に触れて、ぶるっと身体を震わす。

「これで拭くのだな」

机卓にあった清拭用の布を手にする。布は芍薬の香油を垂らした水で濡らしてあり、自身に当てると更に冷たく感じた。

部屋には誰もいないし格子扉も閉じられているのだけれど、なんとなく気恥ずかしくて廊下側の扉に背を向けてから拭き始める。

清拭を終えて網袋を被せると、熔雪のものに誂《あつら》えたようにぴったり嵌まった。

(情けない姿だな)

見下ろして唇を噛む。

排泄は出来るが射精は出来ないと巻紙に記載されているが、こんなところで射精するような気分になるはずがない。朝までの辛抱だと鎖を腰に回して留め、長袍を閉じようとしたところ、

「お支度が整いましたら、夜着にお着替えください」

外から中丞相の声がして驚く。

(いつの間に戻ってきたのだ?)

足音に気づかなかったと慌てて衣の前を合わせ、格子扉が開かれるのを見つめる。

「主上から、夜着としてこれを着せるように命じられました」

丞犬に絹の夜着を着せるなど前代未聞だ、と小声で不満そうにつぶやきながら、薄碧色《うすあお》の長衣を机卓に置いた。

上品な艶のある絹の夜着は、見るからに肌触りが良さそうだ。確かに自分のような者には勿体《もったい》ない上物だと思う。

(上等な夜着よりも、わたしの話を少しでも聞いてもらえた方がいいのだけれど……丞犬でいるうちは駄目なのかもしれないな)

自分は大罪を犯した人間の兄なのだ。血の繋がりは半分でも、裏切り者の血が流れている。

そこで熔雪ははっと気づく。

綜劉も自分と同じく、半分血の繋がった兄弟に裏切られ、骨肉《こつにく》の争いをしていたのだ。

人間不信に陥り、反逆者の血を半分引いている熔雪を信じられなくなった、というのも無理はない。

　けれども、幼少の頃は兄弟のようにして育ち、大人になってからは部下として陰ながら支えてきたのだ。それが弟の謀叛により、すべてなかったことにされてしまうのかと思うと悲しい。

　落胆しながら夜着に手を伸ばしたが、机卓の横に立つ中丞相に気づいて動きを止める。

「いつまでいるのですか」

　怪訝な表情を向けて訊いた。

「夜着を着る前に、装着した確認と施錠をします。早く脱ぐように」

「はっ？　今なんと？」

　中丞相は宦官の中では最上位にあり、後宮においては太守《大臣》と同様の権限を与えられている。

　しかしながら、宦官は人よりも下にあるとされているし、政などに表向き参加することはないので、宮廷内での地位は高いとはいえない。そのような者に上から目線で言われて、熔雪は眉を顰《ひそ》めた。

「施錠は自分でします」

「駄目です。本人による施錠では信用出来ません。ぐずぐずせずに脱ぎなさい。あなたは丞犬なのですよ」

　傲慢な口調で言い放つ。

丞犬なのはわかっているが、それは主上に対してであり、宦官にそう扱われる筋合いはないと心の中で反発する。

「早くなさい。わたくしは忙しいのです。ここ後宮では、わたくしの命令は主上の次に絶対なのですよ」

無言で睨む熔雪へ、横目で馬鹿にしたように口の端を上げて言った。

(それでも嫌だ)

心の中で言いながら唇を噛み締めて横を向く。

「……ったく」

舌打ちが聞こえてすぐ、目の端に青白い中丞相の手が伸びてきたのが映った。素直に応じない熔雪に業を煮やして、長袍を脱がそうとしているらしい。

これ以上の拒絶も抵抗も無駄だとわかっているので、悔しさを堪えて中丞相のなすがままにするしかないと硬直していたら、

「まて、そこからは私がやろう」

御寝所側の格子扉から綜劉の声がした。

(えっ？　向こうに主上が？)

驚いて見つめるが、格子扉からは何も見えない。しかし、御寝所側の扉が開かれると、黒と金を基調とした重厚で華やかな寝所が出現した。

光沢のある錦の寝台に綜劉が寝ていて、肘枕をしてこちらに顔を向けている。そのすぐ横では膝をついて立つ宦官が、ゆっくりと大団扇《おおうちわ》で煽いでいた。

「わざわざ主上のお手を煩《わずら》わすことではございません。わたくしが処理いたします」

中丞相が背を丸めて頭を下げ、すすすっと綜劉の元へと近寄りながら訴えた。

「私がやると言ったのだ。おまえは下がっていい。他の者も下がっていろ」

綜劉が命じると、大団扇で煽いでいた宦官や綜劉の足を揉んでいた宦官が立ち上がり、壁に並んでいた宦官達とともに後ずさりしながら御寝所の出口へと向かう。中丞相もしぶしぶという表情で同じくそこから出ていった。

「御配慮ありがとうございます」

熔雪は膝をついて頭を下げる。

「鍵を持ってこい」

「はい」

中丞相が机卓に置いていった鍵を手に綜劉の御寝所に入る。

「犬房との扉を閉めろ」

と言われて、格子扉に手をかけたが……。

(……！)

閉めた扉を見て熔雪は驚いて固まった。

格子の間から犬房の中が透けて見えている。犬房からは見えないが、こちらからは見えるという特殊な組み方がなされた格子扉だった。

おそらく、犬房の廊下側もそうなのだろう。それで装着し終わってすぐに中丞相が声をかけてきたのだ。

廊下に背を向けていてよかったと思うが、反対側にいた綜劉に見られていたのかもしれない。あんなみっともない所作を見られたのかと思うと、顔が熱くなるほど恥ずかしい。

（この鍵を主上がかけるということは……）

情けない姿を更に見せなければならないということに思い至る。

「どうした？」

鍵を渡す手が微かに震えたのに気づかれた。

「いえ、なんでもありません」

寝転んだまま鍵を受け取った綜劉へ、大丈夫だと答える。

「武官なのにそのようなものを着けさせられ、屈辱に感じているのか」

熔雪の赤い顔を覗き込みながら問う。拘束帯を着けさせられた屈辱で顔が紅潮していると思われたらしい。

「男のまま後宮に入るには、そうしなければならない決まりだ。しばらく堪えろ」

軽く眉間に皺を寄せて綜劉が命じた。

「承知いたしております」

「では、鍵をかけるぞ」

自分も臣下のそのような姿は出来れば見たくはないと言いながら身体を起こし、寝台に腰かけた。

「はい……」

寝台の前まで行くと、自分の腰のあたりにある綜劉の顔を見下ろす。彼の深みのある瞳に自身の情けない姿を晒すのかと思うと気後れするが、小さく息を吐き、思い切って長袍の前を開いた。

「後ろも確認するから脱ぎ捨てろ」

と命じられ、肩から長袍を外して腕を伸ばす。

衣ずれの音を響かせて藤色の長袍が床に落ち、足元に溜まった。

(うぅ……)

全裸に鎖のついた網袋だけの姿を晒して立っている自分を見下ろし、あまりの恥ずかしさに頭の中まで真っ赤になっている感じがする。

「大きさは丁度いいようだな」

すっと伸びてきた手に網袋を持ち上げられた。

「しゅ、主上！　お手が汚れます！」

焦って腰を引こうとしたら、きゅっと握られる。

「う……っ！」

「勝手に動くな。確認出来ない」

握ったまま睨まれた。

「す、すみません……」

（でも……）

清拭したとはいえ、高貴な方の手に触れさせるようなものではない。

「あ、あの……っ」

網袋の中身を確かめているのか、やわやわと揉むように手を動かされて困惑する。

「我慢しろ。中丞相なら潰されるほど強く握られるらしいぞ」

以前、後宮へ作業に呼ばれた若い庭師が、半泣きで親方に訴えているのを見たことがあるという。

「は、はい……」

それも嫌だが、弄ばれるように握られるのも恥ずかしい。

（いつまで握っているのだろう）

網袋越しに握られているとむずむずする。

「芯が入ってきた」

という綜劉の言葉で、緊張と羞恥で縮こまっていたそれが、揉まれる刺激に反応してきたのを知る。竿に血液が集まり始めていた。

「わりと遊びが少ないな。この状態だときついか?」

「は、はい……」

(ですからもう放してください)

心の中で訴えると、それが聞こえたかのように手が網袋から離れた。

「まあ、このぐらいの締めつけは必要だろう」

鎖の締まり具合を見たあと、継ぎ目にかけられた小さな錠前を嵌めて鍵を回した。

「朝になったら鍵を犬房に届けさせる。休んでいいぞ」

寝台から立ち上がって熔雪に言う。

「ありがとうございます」

礼をして足元の服を拾い上げ、頭を下げたまま犬房へ後ずさりながら戻ろうとしたが、

「主上。どうしても申し上げたいことがございます」

足を止めて綜劉に訴えた。

腕を組んで立っていた綜劉は、怪訝そうに眉を寄せる。

「本日の閣議での……っ」

言葉を途切れさせた熔雪の方へ、綜劉が足早に近づいてきた。熔雪の正面に来ると、

持っていた服へ手を伸ばす。

「あっ！」

股間を隠していた藤色の服を掴まれ、剥ぎ取るように奪われた。

「自分の姿をよく見ろ。政に口を出せる身分か？」

裸体に拘束帯のみの姿になった熔雪に、綜劉が厳しい言葉を投げつける。

「ですが……」

綜劉の迫力に気圧されながらも、熔雪は反論した。ここは璃和殿ではなく後宮だ。王の私的な場所で、今は宦官もおらず二人きりだ。旧知の仲でもあるのだから、少しは自分の意見を聞いてもらえるのではないかと……。

しかし、それは甘かったらしく、

「床に膝と手をつけ」

怒りを抑えた低い声で命じられた。

「主上……」

懇願の目を向けるが、強い視線で即座に撥ね返される。

『言いつけが守れないなら、口枷をして四つん這いにさせるぞ』

昼間に言い渡されたことが脳裏に蘇った。

「申し訳……ございません」

命令に従わなかった罰を受けなくてはならない。謝罪の言葉を口にして、床に膝と手をつく。

王の寝所だけあって、繊細な模様を織り込んだ分厚い段通《だんつう》が敷いてある。ついた手と膝をふんわりと受け入れ、痛むようなことはない。

とはいえ、屈辱的な格好だ。しかも身に着けているのは拘束帯のみである。

綜劉から見たらさぞ滑稽な姿だろうと思うと、羞恥でついている手が震えた。

「おまえは何者だ？」

綜劉が四つん這いの熔雪の横に立って質問を投げかける。

「わたしは、主上の丞犬にございます」

答えてうなだれた。背中に乗っていた髪が肩を伝ってさらさらと前に流れる。落ちる髪を受け取るようにして、綜劉の大きな手が掴んだ。

「あっ！」

ぐいっと髪を持ち上げられ、驚いて声が出る。

「そうだ。それを忘れるな。私の許しなく政に口を出し、勝手な行動を取ることは許さぬ」

上を向かされた熔雪の顔に、見下ろすように顔を近づけて命じた。至近距離にある強い眼光を伴った迫力のある美貌に気圧される。

「……はい」

諦めて承諾の言葉を口にした。どうあっても自分の意見は聞いてもらえないのだ。自分は綜劉の目に、裏切り者の兄としてしか映っていないのだろう。悔しさと悲しさが羞恥と入り混じり、胸が詰まる。しかし、

「だが、おまえの気持ちがわからないわけではない」

髪を掴んだ手を開きながらつぶやいた言葉にはっとした。

(えっ?)

見開いた熔雪の目に、綜劉の手のひらから自分の髪が滑り落ちていくのが映る。その向こうにある綜劉の表情には、それまでの鋭さとは少し違うものを感じた。

「進士として活躍し、将来有望であった人間に丞犬は酷だ」

髪を放した手が熔雪の背中に触れる。

(あっ!)

びくっとして顎が上がった。

「このような屈辱的な姿にされて、私を恨むか?」

背骨の突起に沿って指でなぞりながら問いかけられる。

「そ……そのような、ことは……ございませっ……ん」

触れられる刺激に身体を捩りながら答えた。

「では私の丞犬として言いつけを守れるな?」

背中から腰へと撫で下ろされ、びくんとする。

「ま……守ります」

「政に関して、おまえから意見を述べるのは禁じるが、私が問うたことは答えていい」

「えっ、は、はい」

「今日の閣議で、一番に不満だと思ったのはどこだ？」

「一番の……ですか？」

不満は沢山あったが、一番と言われると咄嗟《とっさ》には選べない。熔雪は四つん這いのまま動きを止めて考え込む。綜劉の手が腰から尻のあたりを撫でていて、なんだか落ち着かない。丞犬なのだから嫌だとは言えないのだが、くすぐったい。もぞもぞしながら考えていると、

「ひとつだけおまえの不満を聞いてやるから、明日までに考えておけ。もう立ち上がっていいぞ」

命じると熔雪の身体から手を離した。

(ひとつだけ聞いてくれる？)

「はい！　ありがとうございます」

四つん這いのまま振り向くと、綜劉は熔雪に背を向けて歩いている。

「おい、今宵はどこだ？」

大声で宦官達が出て行った扉に向かって問う。

すると、すぐさま蛇腹《じゃばら》式の扉が左右同時に開き、中丞相を筆頭に宦官達がすすすすっと入ってきた。熔雪は慌てて落ちていた長袍を手繰り寄せてから立ち上がる。

「程鈴麗《ていりんれい》様の房でございます」

御寝所の出口へと歩き出した綜劉に中丞相が答える。

「丞犬の確認は終わった。房に入れておけ」

「かしこまりましてございます」

頭を下げる中丞相の前を通り過ぎ、開かれた扉から綜劉が出ていく。そのあとを宦官達もぞろぞろとついて行った。

中丞相は綜劉の姿が見えなくなると頭を上げ、熔雪の方に振り向く。

「ふん、主上に確認してもらうとは、いい御身分ですね」

長袍で前を隠している熔雪を、妬ましそうな目で睨む。

「主上はどちらへ？　ここは主上の御寝所ですよね？」

中丞相の嫌味を無視して質問した。

「後宮妃のいらっしゃる房ですよ。夜は妃と過ごすのが主上の務めでもありますからね」

「ああ、なるほどね……」

内乱を治めた今、足場を固めるために世継ぎは必要不可欠だ。そのための夜の勤めということだろう。

「それでは、程鈴麗様というのが正妃におなりになったのですね」

王が正妃を娶ったという話は聞かないので、まだ内々の話なのだろう。これから婚儀などが盛大に催されるのだと思った。

しかし、そうではなく、

「違いますよ。皆後宮妃です」

つんとして中丞相が答える。

「皆？　というと複数の妃がいらっしゃるのですか」

怪訝な顔で聞き返す。

「当然です。ここは後宮ですからね。内乱が終わってすぐに国中から美女を集め、主上の閨《ねや》のお相手をさせております」

熔雪が怪我で伏せっている間に、内乱で損害を被った所は復興し、後宮には美しい女性が集められたということだ。

「では、その中から正妃を選ばれるのでしょうか」

男子を産んだ娘を正妃にするというのなら納得がいく。

「今いる後宮妃達に、正妃になれるような家柄の娘はおりません」

馬鹿にしたような顔で中丞相が答える。

「でもそれでは……」

「ああもう、あれこれうるさいですね。そんなことは丞犬に関係ないことです。さっさと犬房へ入りなさい！　わたくしも主上の元へ行かなければなりません」

声高に叫ぶと、綜劉が出ていったのとは反対側にある犬房への扉を開いて、熔雪を追いやった。

がしゃんと格子扉が乱暴に閉められる。

「……正妃ではないのか……」

なんとなく嫌な気がした。

正妃でない女との間に、先に子どもが出来るかもしれない。それは、将来世継ぎ争いの火種になるのではないだろうか。今回の内乱で綜劉もそのことは嫌というほどわかっているはずだ。

先に正妃を娶って、正妃が子を産んでから後宮妃を貰えばいいのにと思う。

「なのにどうして？」

正妃にはなれぬ家柄だけれども、正妃を娶る前にどうしても抱きたいと思える女性だからだろうか。

熔雪の頭に、綜劉が後宮妃を抱いている姿が浮かぶ。

先ほど熔雪のものを収めた網袋を握ったあの大きな手が、今頃美しい女性を抱いている。

それを思うと、胸の奥に嫌な苦しさを感じた。

（なぜだ？）
綜劉に正妃でない女性を先に抱いて欲しくないから、こんな気分になるのだろうか。
（そうだ。そうに違いない）
熔雪は自分の気持ちをそう分析し、犬房で初めての眠りについた。

3

艶やかで甘い匂いがする。

鼻腔の奥をくすぐるこれは、芍薬の花の香りだ。

ふわふわと漂ってきて、熔雪の身体に巻きつく。

「ふ……っ」

香りに縛られて身体が動かない。

ぎゅっと絞られるような感じがした。

「は……あっ……」

香りが強くなると、締めつけも強くなる。

特に、下半身に強い不快感があった。

『きついか？』

不意に綜劉の声がして驚く。

「どう……して、主上……が……？」

熔雪の視線の先に、網袋に入った自身を握る綜劉の手があった。
ややわやわと擦るように揉まれているそれは、綜劉の手の中で膨らみ始めている。
「それ……は、やめ……」
やめてくださいと言いたいのに、息が苦しくて声が出ない。
綜劉の手はなおも網袋を揉みしだく。
中にある熔雪の竿が、熱を帯びてきた。
質量や体積も増えてくる。
しかし、網袋は膨張するそれを咎めるように締めつけた。
「痛……い、も、放して……くださ……ぃ」
切れ切れに懇願する。
『痛いのは勃起させるからですよ。ここで主上以外の男の勃起は禁じられています』
突然中丞相が現れて、勃起した熔雪を咎める。
(そんなことを言われても)
弄られれば自然と勃ってしまう。
けれど、主上の手に感じて勃つなど、あってはならないことだ。
これは確かめているのであって、熔雪を感じさせようとしているのではない。
「ああ……っ、でも、も、痛い、です。どうか、お手を、放し……」

懇願するも、締めつけはますます強くなる。

苦しい。

痛い。

「しゅ、主上っ！」

股間を握る綜劉の手首を掴もうとした。

しかし、なぜか掴めない。

なぜ？　と目を見開く。


そこで熔雪は目が覚めた。


「はあっ！」

左右を格子扉に挟まれた犬房の寝台の上で、冷や汗をかいて寝ていた。

「夢か……」

主上に自身を弄ばれて勃起し、痛みに泣いて放してくれと懇願するとは、なんて不敬で情けない夢を見てしまったのだろう。

「うっ！」

　そこで、夢と同じような痛みを下半身に感じた。夜着をめくって見ると、朝勃ちにより自身が網袋の中で膨張している。

（このせいであんな夢を……）

　昨日はこんな場所で勃起などすることはないと高を括っていたが、朝勃ちのことは失念していた。自分は滅多に朝勃ちすることなどないのに、なぜ今日に限って勃起したのかと不思議に思う。

（昨夜主上に触られたせいかな）

　あれで身体が変に興奮してしまったのかもしれない。

「考えてみたら、随分処理していなかった」

　戦から今日まで、忙しかったのと怪我と弟の裏切りによる混乱で、ほとんどその方面は手つかずだった。

（後宮の外に出たら処理しておかなくてはいけないな）

　とりあえず今は興奮を治めるのが先決だと、深呼吸を繰り返した。

しかし……。

その日、熔雪が自身を慰めて溜まった熱を吐き出す機会は訪れなかった。

綜劉の側にずっと控えていなければならなかったからだが、時には人払いして重臣などと会談することもある。その際は離れていられるが、他の殿仕達と食事を摂ったり雑用をさせられたりと忙しい。

ひとりでゆっくり出来る時間は皆無であった。

夜になって犬房に入ったあとはひとりになれるが、その時には拘束帯を装着しなければならない。

装着前に処理する時間もなくはないが、格子扉は外から透けて見える構造だ。外廊下には監視役の宦官が常にいて、御寝所側には綜劉がいる。それに、後宮内で主上以外の男が吐精することは禁じられていた。

(明日は武器商人達との謁見《えっけん》が多くあるようだから、その時にするか……)

武器の購入は国の重要機密事項である。どれだけの武器を揃えたのかが外部に漏れたら、向こうに効率よく攻められてしまう。なので武器関係の商談は王と衛将軍、そして軍備を担当する軍司馬だけで秘密裏に決めると聞いた。裏切り者の兄である熔雪は、当然のように遠ざけられるだろう。

(明日の朝、変な夢を見なければいいんだが……)

今朝の苦しみを思い出しながら、長袍の前を開く。昨日着ていたものとは違い、今日は光沢のある杏色《あんず》に、襟と袖に草花の刺繍がされた華やかなものである。丞犬は毎日着替えろとの綜劉からの命令なのだ。

袴褌を取り外し、自身を芍薬の香りのする布で拭き清める。華やかで品のある芍薬の香りは、丞犬として一日を過ごした熔雪に安らぎを感じさせた。

昨日と同じ手順で網袋を嵌め、鎖を腰に巻く。

(相変わらず情けない姿だな)

周りに聞こえないように小さく息を吐いた。ため息は聞こえなかったようだが、熔雪の姿はしっかり見えているらしい。鎖を留めて装着し終えると、すぐに綜劉の御寝所側の扉が開いた。

「主上が施錠とご確認をされます。こちらへ」

中丞相の抑揚のない声が届く。今日は廊下側ではなく主上側の扉の向こうにいたのだ。

(まるで幽霊のように、後宮のあちこちに出現するんだな)

熔雪は長袍を羽織ったまま、綜劉の御寝所に入った。昨晩と同じく、綜劉は寝台に寝転がっている。すすすっと中丞相を筆頭に宦官達が御寝所から出ていった。熔雪が来たら人払いするように命じられているらしい。

部屋に二人だけになると、綜劉はゆっくりと身体を起こした。

「まずは聞こうか」

昨日と同じく寝台に腰をかける。

「聞く？」

と訊き返してすぐ、昨晩『ひとつだけ不満を聞いてやるから、明日までに考えておけ』と言われていたことを思い出した。

「あ、すみません。では、昨日の閣議で決めていた武器の購入についてですが……」

熔雪は、軍司馬の提案する購入計画では有事に備えるには不備が多すぎるし、購入予定の武器も新型のものに変えた方がいいと訴えた。

「安価だからと旧式の武器を大量に購入しても、役には立ちません」

鉄鎧を含めて購入計画の見直しを主張する。

「数を揃えるのが先決だというのが軍司馬の意見だ」

「主上はそれでいいとお思いですか」

逆に切り返して問う。

「武器がないよりいいかもしれん」

「いいえ。旧式すぎる武器は足手まといになりますし、ない方がいいという場合もあります。なまじ武器が揃っていると慢心し、油断に繋がります」

熔雪は危険性を訴えた。

「おまえならどうする？」

熔雪の答えを予測していたかのように次の質問をされる。

「使えぬ武器に軍備費を費やすより、弾薬や食料、そして兵への報酬を増やす方が効果的ではないかと考えます」

「理由は？」

「人は士気が上がれば素晴らしい働きをします。役に立たない旧式の武器より臨機応変に使える、と言っても過言ではないでしょう」

進士として兵隊を動かした経験を元に述べた。

「いい答えだ。だが、私もそれは十分わかっている」

「それならなぜ、軍司馬の言いなりに旧式の武器の購入を？」

理由が知りたいと思う。

「声が大きい。もう少し小さな声で話せ。宦官から情報が漏れることはないが、絶対とは言い切れない。宦官から漏れたのではなくとも、聞こえていたのなら疑わなければならなくなる」

すっと立ち上がると熔雪を見下ろし、小声で咎める。

「はい。申し訳……はっ？　あの……」

綜劉の手が伸びて、熔雪が羽織っていた長袍の襟元を掴まれた。

「軍司馬は前王である父の時代から、武器購入で私腹を肥やしている。しかし、それをすぐにやめさせるのは、今の体制では難しい」

長袍をするりと肩から外された。

「丞相も軍司馬の購入計画についておまえと同じことを私に訴えてきた」

昨日人払いをして、綜劉が丞相と二人だけで話していたあの時のことだと思っていると、長袍が足元にぱさりと落ちた。

「あ……っ」

杏色の長袍が床に広がり、股間に網袋を嵌めただけの姿が綜劉の目に晒される。灯りを落としていない寝所は犬房よりもずっと明るい。情けない姿が明瞭に見えてしまう羞恥に、熔雪は唇を噛み締める。

「あの時、我が兄を捕らえるか処刑出来ていればよかったのだが」

再び寝台に腰を下ろすと、綜劉は軽く眉間に皺を寄せた。そして、自分の目の前に位置する熔雪の股間に手を伸ばす。

「あの……あっ！」

昨日と同じように握られて、驚きと袋越しに伝わる刺激にびくっとした。

「軍司馬は利益になる方につく。私の支配下で立場も利益も危ういとなったら、すぐさま国内の反乱分子を集めて、隣国に逃れた兄を擁立《ようりつ》しようと動くだろう」

玩具を弄ぶように手の中の網袋を転がす。

「それがわかっているのなら、な、なぜ、軍司馬をっ……処分しないのです……か」

恥ずかしいし変な感覚が駆け上がってくる。しかし、握った場所を弄りながら真剣な表情で話をするので、やめて欲しいと言い難い。

「更迭《こうてつ》するつもりだった。兄を捕らえて戦が終結したらおまえを校尉《こうい》に任命して、軍司馬の権限を一気に委譲させようと考えていた」

「わたしを校尉に！」

将軍の下で軍部を指揮する重要な役職だ。軍司馬よりひとつ上の位になるため、権限を容易に移動出来る立場となる。とはいえ、下部組織を指揮する進士からいくつも上の位を飛び越えて校尉とは、普通では考えられない出世である。

(主上が授けるつもりだった位とは、校尉だったのか)

先日衛将軍から聞かされたことを思い出す。

「おまえの弟の裏切りで兄を逃がし、その上おまえが治癒にひと月以上もかかる怪我を負ったために、叶わなかった」

悔しげにつぶやいて、網袋を握る手に少し力を込めた。

「つ……弟と……わたしが……」

軍司馬の不正を止められない原因が自分達にあることを知り、衝撃を受ける。しかも、強く握られたままのそこが苦しい。

「宮殿の中には、軍司馬の息のかかった者達が大勢いる。この話はここ以外ではするな。この後宮にも油断のならぬ者はいるが、基本は璃和殿と隔離されている」

「わかり、ました」

(いつまで握っているのだろう)

大きな手の中に、自身が網袋とともに握られたままである。痛くはないが疼くような苦しさがあってせつない。そしてなにより恥ずかしい。

「今は軍司馬やその一派を好きに泳がせている。閣議でも異議は挟まぬ。だが、水面下では確実に一掃出来るように詰めている。だからおまえは、私の後ろで怪しい動きをする者を監視しろ」

熔雪のモノを握ったまま見上げて命じた。

「は、はいっ！」

返事をするとともに、熔雪はぱっと表情を明るくした。

豕犬ではない任務を命じられたのである。何も言えず見ているだけなのには変わらないが、それに意味があるとないとでは大きな違いだ。

不遇の扱いに甘んじなければならないと思っていたので、心から嬉しく思う。

(この任務が成功したら、弟の謀叛で失った信用を少しでも取り戻せるかもしれない)

期待も膨らんだ。

とはいえ、相変わらずそこが握られたままである。

「あ、あの……主上」

おずおずと声をかけた。

「んっ？」

「そろそろ、は、放して……いただけません……か」

真っ赤になりながら、握られている場所に視線を向けて訴える。

「ああ、ここか。そうだな。確認しないとな」

と、手を開いた。

握られていたために、それまでせき止められていた場所へ、血液が一気に流れ込む。

「昨日より小さい袋に変えたのか？」

袋いっぱいに熔雪の竿が膨らんだのを見て、綜劉が首をかしげた。

「ち、違います……同じです」

首を振って否定する。

「こんなに窮屈《きゅうくつ》そうではなかったが？」

網目が食い込んでいるそれを再び手に取って眺めた。

「あっ、さ、触らないでくださ……い」

状態を確かめようと触れられた刺激に反応し、更に膨らんだ。しかし、網袋はそれ以上伸びないので、勃起しようとする熔雪の竿をぎゅうっと締めつける。

(痛い……っ)

今朝のような痛みに襲われて顔を歪ませた。

「ああ、感じて勃起したのか。ただ握っていただけなのに、感じやすいな」

手を離して苦笑する。

「すみません……しばらく、し、処理を……怠っておりました」

真っ赤になって謝罪した。頭を下げた熔雪の目に、網袋に締めつけられた自身が、びくびくと震えているのが見える。

(動かないでくれ)

こんな姿を綜劉に晒してしまい、恥ずかしくて堪らない。

「なるほど。滴るほど溜めていたということか」

指先で網袋の先端を示した。網目から覗いている尿道口から、先走りの露がぷくりと真珠のように滲み出ている。

「う……っ、申し訳……ございませ、ん、だ、駄目っです！」

滲み出た露を指で掬われ、慌てて腰を引く。

「こら、逃げるな」

「でも、主上の手が汚れま……す、それに……か、感じるので……痛い」

真っ赤な顔を強く振り、熔雪の長い黒髪が左右に揺れた。

「そんな状態で鍵をかけたら辛いだろう？」

これから朝まで外せないのだ。

「しばらくすれば、収まります」

消え入りそうな声で言う。

「しばらく？　そうは思えぬ興奮状態だ」

網袋の下に手を差し出し、竿の下にある宝玉の入った袋を握った。

「ひっ！」

敏感な袋を握られて、ぴりっとした痛みが走る。その痛みはすぐに快感の刺激となって竿に伝わり、更に竿の膨張を促した。

「うっ……くっ」

勃起を阻まれている熔雪の竿先から、露が糸を引いて落ちた。

「これはまた……」

はしたないなとつぶやく。

「すみません……そっ、そこは、お許しを……」

袋を握られると身動きが出来ない。腰を引くことさえ無理である。逃げられない熔雪の袋を、綜劉は柔らかく揉む。

「主上、も、もう、お放しください。痛い……です」

中の宝玉を擦り合わせるようにされて、堪らず懇願した。

「戦の時は痛みなど構わず勇猛果敢《ゆうもうかかん》に戦うのに、この程度の痛みで音を上げるのか」

変な奴だなとつぶやく。

「う……でも、辛いです」

自分でも不思議に思う。怪我の痛みはいくらでも堪えられるのに、この痛みには我慢が出来ない。

「しょうがないな」

袋から手を離し、熔雪の腕を掴んで引き寄せた。

「はっ？　……わっ！」

勢いよく寝台に投げ込まれて仰向けに倒れる。天井と覆い被さってきた綜劉の顔が熔雪の見開いた目に映った。

「そんな状態で寝所に戻すわけにはいかない。ここで出させてやる」

「は？　出す？　で、でも、後宮で主上以外の者が……吐精するわけには……」

いけないことだと訴える。

「私が見ている前でなら問題ない」

「あの、しかし……」

「膝裏を持って上げろ」

綜劉の命令に耳を疑う。

(膝裏を持って上げる？)

「聞こえなかったか？　両膝裏を持ち上げて股間を私に向けろと命じている」

(やはり……)

そんな恥ずかしい格好は出来ないと拒みたかったが、どんなことでも主上の命令に背くことは大罪である。

自分の弟が既に赦《ゆる》されないほどの大罪を犯しているのだ。その兄がこれしきの命令にすら従えないとなれば、信用回復など出来ないだろう。

(もしかして試されている？)

はっと気づく。明日からは綜劉の後ろで監視の役を担う。その資格が本当にあるのかどうか、これで確認したいのではないだろうか。

あられもない格好で辱められても素直に従えるなら、熔雪の忠誠も本物だと信じられるのかもしれない。

(それならば)

唇を噛み締め、震える指先で膝裏に手を入れた。

力を入れて手前に引くと膝が胸につき、爪先が天井へと上がる。

寝所の天井に吊るされた丸い灯籠に、熔雪の股間が照らされていた。網袋に締めつけられた竿と、弄ばれて赤味の差した袋。そして、後孔までもが綜劉に見えているに違いない。

「昔も思ったが、やはりおまえの身体は男なんだな」

苦笑交じりの声がする。

「昔?」

「遊び相手として来た時、初めは女だと思ったことは覚えているか?」

「あ、ええ」

女顔の熔雪は、幼少の頃から女の子にしばしば間違われた。綜劉の遊び相手として初めて東宮殿《とうぐうでん》に上がらされた時も、

『おんなのあそびあいてなどいらぬ。めのとたちだけでじゅうぶんじゃ』

と脹れっ面で言われたのを思い出す。

父王の後宮妃や女官、乳母《うば》達に囲まれて育った綜劉としては、同い年の遊び相手の少年を心待ちにしていたのに、来たのが女の子でがっかりしたらしい。しかし、男の子だとわかった熔雪とすぐに仲良く遊ぶようになる。

「夏になると東宮殿の庭で川遊びをしたが、毎年やはり男だなと思ったものだ」

つっと何もない股間に指で触れた。しかし、何もなくてもそこは敏感な場所なので、触

れられると下肢がびくんとする。

「最後に泳いだのは十三の夏だった。あの頃に比べたら少し毛が生えた程度で、ほとんど変わってないな」

竿の根元の薄い茂みをなぞった。

「そ、そうですか？」

もぞもぞしながら返事をする。

「まあ、まだ勃起はしなかったと思うが」

熔雪の竿を締めつける網袋を摘まみ、ずるっと上に引き上げた。

「はっ、ううっ、くっ」

竿の側面を擦りながら網袋が外れる刺激に、大きく背中をのけ反らす。

「あの頃のおまえは精通前だったな」

「は……い」

同い年なのに、綜劉には髭も下の毛も生えていたのを思い出す。既に大人の身体になっていたのだ。

「露が溢れてきた」

網袋を外された竿は即座に本来の太さまで膨らみ、先端から露を滴らせている。指摘されて目を向けると、露は糸を引いて熔雪の腹部に落ちようとしていた。

（うわっ！）

なんとかしたくても両手は塞がっているし、身動き出来ない体勢だ。

「その姿でいられるということは、矢傷は完全に癒えたな」

強い羞辱に震える熔雪を、綜劉はとても冷静な目で観察している。

「あ、はい。そうです」

屈辱的な命令に従うかどうか試すだけでなく、熔雪の傷の治り具合も確かめたかったのだと気づく。

「痕が残っている……」

肩に視線を落とし、残念そうにつぶやいた。

「でももう痛みはありません。矢傷は進士の勲章《くんしょう》です」

こんな格好で言うことではないなと思いながら告げる。

「ここにも痕がついてしまった」

綜劉は視線を股間に移動させた。

はしたなく露を滴らせている熔雪の竿は、窮屈な網袋の中で膨張したせいで、網痕がくっきりとついている。

「でもこれはすぐに消える痕だ」

痕のついた竿を労るように綜劉の手が巻き付いた。

「だ、駄目です主上！　お手が汚れます！」

網袋の中にあった時に、先走りの露が染みて竿はしとどに濡れている。

「構わぬ」

綜劉は竿に指を絡ませ、擦るように扱いた。

「はっ、うっ……しゅ、主上……なにを……」

「出していいぞ」

「それは……自分で、しますから」

焦って訴える。

「この格好だと、手が三本なければ自分では出来ないだろう」

先端のくびれに指を巻き付け、淫猥に扱きながら言う。

「んっ、でも、くっ、そんな、強くしたら……」

「痛いか？」

「いいえ、違い……っ、い、違ってしまいます」

男の生理がわかっている相手からされているからか、快感の頂点へと急速に押し上げられた。

「早すぎるぞ。ああ、そういえば溜まっていると言っていたな」

納得顔で更に扱く速度を上げられた。

「あ、くぅっ、んんっ、そんなっ、ひぃうっ」

手の動きに合わせてどくんどくんと脈打つ音が頭の奥に響く。扱かれるごとに、快感の階段を三段抜かしで上っているようだ。

「だ、だめで……で、出てしま……」

いけないと首を振る。

「出してみろ。おまえの身体のことは、ここから吐精する以外は全部見知っている」

快感に侵食されていく意識の中に届いた言葉に、かつての記憶が蘇った。

綜劉と熔雪はかつて、一緒に川で排泄したり、幼い包皮を剥き合ったり、そんなことまでしていた。

「で……も……」

だからといって、王になった相手の手で吐精していいということはない。

息を吐いたりして堪えようとした。

けれども、ほとんど効果はなく、綜劉の手淫の巧みさにも抗えない。ついに快感の頂点を飛び越えてしまう。

「あっ、くっ、んんんっ」

両膝を抱えたまま背中を反らし、ぶるるっと全身を痙攣させた。

「やっと達ったか」

熱い飛沫が竿の先から飛び出し、自分の胸と腹部に降り注いだ。その刺激にも反応し、残滓を吐き出す。

「本当に溜まっていたのだな」

呆れたように熔雪の身体を眺める。

「す、すみませっ」

膝裏から手を離して起き上がろうとしたが、

「駄目だ。まだそのままでいろ」

動くのを止められた。

「あの、でも、主上の寝台が汚れてしまいます」

今はまだ放出した飛沫のほとんどは熔雪の身体の上にあるが、次第に下へと肌を伝い始めている。

「汚れたら宦官が取り替えるから気にするな」

熔雪の胸から白濁した露を指で掬い取った。太い綜劉の指から、白濁した露がとろりと滴り落ちる。

「こんなに濃いのを溜めていたのか」

糸を引くほどの粘度を見せられ、羞恥に言葉が出ない。

「まだ残っているだろう？」

白濁の露に濡れた指を、熔雪の股間へと移動した。

「いえ、あの、もう大丈……っ、主上、そこは、だ、駄目ですっ！」

後ろの蕾に綜劉の指が触れて驚く。

「ここから出せるのを知っているか」

蕾の襞に露を塗り込みながら問われる。

「そこから出せる？　なにを……、うっ！」

突然指に蕾を開かれてのけ反った。

「ここに出すツボがあるというのを宦官達が言っていた」

男性の器官を切除した宦官でも快楽を貪る手段がある。後孔に指を挿れて中にある官能の場所を刺激すると、達くほど感じるのだそうだ。宦官達は出せる機能も失っているので達するだけだが、普通の男がそこで達くと通常より多く出るらしい。

露に濡れた綜劉の指が、熔雪の体内に挿入っていく。

「そ……んなところ、うっ、くうっ」

複数の指が中を広げながら排泄孔を逆走する。苦しさと不快感、そして強い圧迫に苦しんだ。

「思ったより狭いな。苦しいか？」

「んっ、苦しい、です」

素直に答える。

「少し力を抜け。しばらくの我慢だ」

(我慢？　どうして？)

なぜこのようなことを耐えなくてはいけないのだろう。恥ずかしくて苦しいけれど、あまり意味のあることではないと思う。綜劉への忠誠を試すのなら、先ほどの行為でもういいのではないか。

(まだ疑われている？)

疑問に思いながらも、なすがままにされていると、

「くっ！」

突然下肢がびくんっと痙攣した。

「なるほど、ここのことか」

中のとある場所をぐりぐりと押される。

「ひっ、な、なんですか。中、そこ、あふぅんっ」

驚いて綜劉に質問しようとしたが、押された場所からかああっと熱さを伴う快感が全身を駆け巡ってわけがわからなくなる。

中を刺激されると、それまでとはまったく違う感覚が背筋を駆け上がった。

「ここが出すツボだ。宦官達から聞いた通りだな」

楽しそうな表情で答えると、挿れる指を増やして更にそこを刺激する。

「は、あぁぁぁ……」

苦しさが増えたが、熱さも増える。

「どうだ？」

「あ、熱い……です」

指の動きに合わせて、どくんどくんと耳の奥に鼓動が響き、下腹部がじんじん熱くなっていく。

それが快感の熱であることはわかるけれど、後孔の中を弄られることによってもたらされる快感は、初めて知るものである。

「一気に勃ったな」

先ほど吐精したばかりだというのに、熔雪の竿は再び太さと硬さを取り戻していた。しかも先端に新たな先走りまで滲ませている。

「あ、はぁ、んっ、うっ……ふ、……んんっ」

指の動きに合わせて喘ぎ声を発してしまう。堪えようとしても強い刺激に抗えない。

熔雪の身体は、再び快感の頂点へと駆け上がっていく。

吐精してすぐにまたこんな状態になるのは初めてだが、我慢出来ないほど感じてしまっていた。

「あ、あぁ、も、もう、い、達きそうで……す」

綜劉に汚い場所に指を挿れられているという羞恥と畏怖をすっかり忘れ、強い快感に溺れ、頂点へ向かうことしか考えられない。

腰が前後にはしたなく揺れる。しかしその時、

「まいったな」

という綜劉のつぶやきが聞こえてきた。

(まいった?)

どういうことだろうと思っていると、いい所を刺激していた指がするりと熔雪の後孔から抜け出てしまった。

(……っ! なぜっ?)

二度目の頂点がすぐそこまで来ていたので、刺激を奪われて困惑する。

物欲しげな表情で綜劉を見ると、指ではないものが自分の後孔に向けられているのが目に入った。

「主上それはっ!」

熔雪の竿よりも太くて長いものが後孔に押し付けられている。

「力を抜いていろよ」

命令とともに、襞が強引に開かれた。

「あっ、くぅっ……どうして、そん……なところ……」

信じられない想いで問いかける。

「私の手で吐精などするからだ」

切れてしまうのではないかと思えるほど、綜劉の亀頭が熔雪の後孔を押し広げた。

(でもそれはっ!)

綜劉自身が扱いて出せと命じたではないかと頭の中で反論するも、苦しさに言葉が出ない。

(出してはいけなかった?)

そうなのかもしれない。だが、あの状況で我慢するのは不可能だ。綜劉の手であんなふうに扱かれたら、吐精するしかない。

熔雪の狭い後孔へ剛棒が侵入してくる。

その圧迫感は数本の指よりもずっと強く、激しい痛みを伴っていた。

ぐいぐいと蕾を開かれる苦しさは、網袋に締めつけられながら勃起するのと変わらぬ苦しさがある。

「あ……っ、……くっ……うぅ……」

辛いという表情を浮かべ、呻きながら綜劉を見た。

「奥に収まるまでの辛抱だ。太い箇所は通過した」

これ以上は苦しくないはずだと、更に腰を押しつけられる。

ずずっと後孔の中へと剛棒が突き刺さってきた。

痛みと衝撃で膝裏から手を離してしまっていたが、綜劉に足首を掴まれていたため、身体を二つに折り曲げた格好は維持されている。

二つ折りにされた熔雪の身体は、綜劉の剛棒に上から突き刺されていた。

(奥まで主上が……)

後孔の襞を強引に拡げて挿れられたそれは、とても熱くて太い。奥に到達すると、痛みのせいなのか中がヒリヒリと灼けているような感覚がある。

「おまえの中は熱いな。そして狭い」

軽く抽挿されて、熔雪はうっと呻き声を上げた。

「まだ痛いだけか?」

「わたしも……あ……熱いです」

「熱い? これが?」

再び腰を動かされる。

「んっ、う、動かされると、もっと熱い」

痛いのに熱くて気持ちいいという変な感じがした。

「そうか。ここはどうだ」

「はっ、あ、そこは……んっ」

びくんと下腹部が痙攣《けいれん》した。中の熱棒が、先ほど指で刺激された場所を突いたのである。

「感じると熱いのだろう？」

熱く感じる場所を狙って更に突かれると、そこからかあっとした快感が伝わってきた。全身を痺れさせるような不思議な力を持っていて、突かれるたびに強くなる。

「はぁ、あぁぁ、熱い……熔けて、しまう」

「熔けるほど感じているのか。本当にそうみたいだな」

熔雪の竿に手を巻き付けた。

「うっ、……あっ、触っては……汚れます」

「既におまえの放ったもので濡れている。ここを扱いたらすぐに達ってしまいそうだが、今回は駄目だ」

達きそうに感じて細かく痙攣していた竿から、すっと手が離れてしまう。

しかし、熔雪はそれが惜しいと思わなかった。

そこを刺激されるより、中を突かれる方が強く感じている。

しかも、竿を握られたことが呼び水となり、快感の頂点に上ろうとし始めていた。

「中が締まってきた。おまえはここだけでかなり感じるんだな」

綜劉が抽挿を繰り返しながら言う。

（ここだけ……）

　確かに、東太守の家の出身で進士だった男が、後ろを男のモノで犯されて感じてはいけないと思う。

　身体はすぐにも達きそうになっていたが、それは駄目だと必死に堪えた。先ほども、綜劉の手淫で吐精してしまったことを咎められたばかりである。ここは後宮で、主上以外の者が精を吐くのは禁じられているのだ。

「ふっ、うっ、ん……」

　唇を噛み締め、我慢しなければと下腹部に力を込める。

　すると、

「うっ、そんなに締めるなっ」

　それまで余裕の態度で突いていた綜劉の声が上ずった。

「もうし……わけ……」

　謝罪しようとしたが、声が掠れて出ない。そして、締めるなと言われても、ギチギチに挿入っているのだし、どうしていいのかわからない。

「初めて挿れたんだ。もう少し愉しませろ」

　熔雪の後孔から亀頭部分を残してゆっくりと抜き、再び奥へと突き挿れる。

「あ、あぁーっ！」

後孔の中にある感じる場所を擦られて、嬌声《きょうせい》のような声が口から飛び出た。

「私を挿れられると、そんなに感じるか？」

楽しそうに問われた。

「う、あぁっ、は、はい、か、んじます。んっ。ですから、もう。お許しを……」

自分でも信じられないことだった。後ろの孔に挿れられて、抽挿されると達してしまいそうに感じるのである。先ほど手淫で出したばかりなのに、再び出したくて堪らなくなっていた。

でも堪えなくてはいけない。出してはいけないのだ。我慢しようと下腹部に力を入れたところ、余計に中の剛棒に感じてしまう。

「おい。締めるなと言ったのに……」

熔雪を咎めると、抽挿を速めた。

「あ、やぁ、駄目ですっ、そんなに」

我慢出来なくなると首を振って訴えるが、速度は落ちない。

しかも、中で綜劉の剛棒が太さを増した。

「あぁあっ、くっ、い、達って、しま……うっ」

激しく身体を痙攣させる。

我慢の甲斐なく、熔雪は二度目の絶頂に達してしまった。

粘度は低いが熱い飛沫が熔雪の竿先から飛び散る。手淫の時よりも強い絶頂感に全身が痙攣していたが、

「あ……しゅ、主上。も、お許しをっ！」

達した身体へ抽挿を繰り返されていた。頭の奥が焼き切れてしまいそうな強い快感がいつまでも続いて苦しい。

「許すのは私の熱を受け取ってからだ」

「はっ、あぁっ、……ね……熱、しゅ、主上の……っ？」

自分の中に綜劉が吐精すると思った瞬間、ぎゅうっと中が収縮するのを感じた。

「くっ、すごいなっ」

小さく呻いた綜劉が、熔雪の中に熱い露を注ぎ込む。

「あああぁ、中が、灼けるっ！」

目の前が眩しいくらい真っ白になった。

後孔の中に受けた熱で、絶頂に達した身体が更に激しく痙攣し、意識が混濁《こんだく》する。

「…………」

しばらくの間気を失っていたらしい。

「小熔《シャオヨウ》、小熔」

懐かしい呼び名が聞こえて、熔雪は目を開いた。小熔は熔雪の幼い頃の呼び名である。

「しゅ……上」

かなり近い所に綜劉の顔があった。

「どうだった？」

まっすぐ熔雪の目を見つめて訊く。

(どうだった？)

一瞬なんのことか状況も含めてわからなかったが、すぐに少し前の淫らな交わりのことを思い出す。

「……なぜ、こんなことを？」

苦しげに息を吐きながら問い返した。

「なぜかな……。おまえが吐精しているところを見ていたら、宦官達がここを陽具《ようぐ》で慰める話を思い出した。それで、陽具の代わりに私を挿れてみたくなった」

綜劉の額にはうっすらと汗が浮かび、はらりと落ちた前髪に、ぞくっとするような色気を感じる。

「わたしは、宦官では……ありません」

頬を紅潮させて訴えた。

「わかっている。でも今は丞犬だ」

丞犬は宦官の身分で、仕事は主人を慰めることだと笑う。

笑い声が聞こえたせいなのか、

「主上！　射明蓮《しゃめいれん》様のご用意が出来ております。そろそろ房へお渡りのご準備を」

扉の向こうから中丞相が大声で告げた。

「今宵はやめた。明蓮にも寝ていいと伝えろ」

寝台の中から答える。

「は？　やめでございますか？」

ぽかんとした声が戻ってくる。

「ああ。私は今宵、ここで小熔と寝る」

中丞相と同じようにぽかんとしている熔雪を抱き締め、綜劉は目を閉じてしまった。

4

半月もすると、綜劉の側にいることにかなり慣れてきた。

周りも置物のように綜劉の後ろに立っている熔雪が、気にならなくなったようである。

少し前まで、殿仕や殿女などはすれ違うと頭を下げていたが、綜劉の側にいない時には何も反応せず通り過ぎるようになった。

官吏達も、以前は東進士として熔雪に敬意を払っていたが、今は熔雪が見えていないかのように素通りする。

東家の人間としての矜持《きょうじ》や進士だった頃に挙げた数々の功績はすべて消され、熔雪自身も空気のように扱われた。そのことに対して、憤りや悲しみがないと言ったら嘘になる。

しかし、空気のような扱いは、今の熔雪にとって好都合といえることが多々あった。

宮殿内の噂話が自然と耳に入るのだ。殿女達は、熔雪がいても構わず噂話をし、殿仕達も、ちょっとした不満、不平を口にする。時には、熔雪も交えて秘密の話を伝え合ったりした。

そういった話の中に、有益な情報がいくつも含まれていたのである。

「軍司馬の娘婿は、武器商人と繋がりがあるそうです。その武器商人は、以前は類皇子様の御殿に頻繁《ひんぱん》に出入りしていたとか」

夜になると寝所で綜劉に、見聞きしたことを報告した。

「やはりそうか。娘婿の知り合い、という関係だと足が付きにくいからな」

やっと関係が掴めたとうなずいた。

「その他にも情報を得ました。武器商人は白乾国の人間だそうです。そして……」

そこで熔雪は口ごもる。

「なんだ？」

「我が東家にも出入りしていたという噂も耳にしました。噂とはいえかなり信憑性が高いです」

眉間に皺を寄せて熔雪は告白した。

「おまえは会ったことがあるのか」

綜劉の問いかけには即座に首を振る。

「残念ながら、わたしは一度としてその武器商人に会ったことはありません。私が衛将軍の下で進士として働き始めてから、弟は敵国である白乾国の武器商人と繋がりを持ち、取引をしたのではないかと思われます」

申し訳ないと頭を下げた。

「おまえの落ち度ではない。しかし、なぜおまえの弟は、白乾国の武器商人と繋がりを持ったのだろうな」

「それも噂で聞きましたが……、あくまでも噂なので……」

熔雪は言いにくそうに下を向く。

「言ってみろ」

「しゅ、主上がわたしを、……御史大夫《側近》にするという話を聞いて、それに憤ったのではないかと……。弟が誰からそのような嘘の話を聞き、そして信じてしまったのか理解に苦しみますが……」

当人の熔雪でさえ聞いたことのない話だ。

御史大夫《側近》は常に主上の側にいて、政の助言をする重要な役職である。

先日綜劉から聞かされた校尉に抜擢《ばってき》しようとしていた、という話でさえ夢のようなのに、衛将軍の上で宰相《さいしょう》に次ぐ身分になる御史大夫などに、庶子の自分がなれるわけがない。

「なるほど、東太守の授位式で私が口にしたことが原因だったか」

綜劉の言葉に目を見開く。

「何を……おっしゃったのですか」

「おまえの働きを褒めて校尉にする話をした際、軍司馬の不正を一掃出来た暁には御史大夫にしたいと、つい口を滑らせた」

「わたしを御史大夫にというお話は、本当だったのですか」

驚愕の表情で綜劉を見つめる。

「あの時おまえの弟は驚いて固まっていたが、今思えば強い不満があったのだろう」

「……わたしのような者が御史大夫になるのは、身分不相応すぎますから」

自分でさえ信じられない話だ。

「私はしきたりに倣《なら》って王位に就いたが、部下の半分は能力で徴用《ちょうよう》したいと思っている。世の中には、おまえのように正当な跡継ぎでなくとも優秀な人材がいる。だが、今の制度では登用《とうよう》出来ず埋もれさせてしまう。それは国にとっても大きな損失だ。とはいえ、簡単にはいかなかったようだ」

残念だと表情を曇らせる。

「ええ。それは難しいと思います」

御史大夫は東西南北の太守達より身分が上だ。正妻ではない腹から生まれてきた兄が、そのような身分になることに弟は我慢ならなかったのだろう。おそらく、他の太守達も同じように思ったに違いない。

「でも、国や主上を裏切るなんて……」

東家の嫡男として高い矜持があるのはわかるが、あの裏切り方は自己中心すぎると怒り

の表情を浮かべる

「おまえの弟は、私の兄に誑《たぶら》かされたに違いない」

「類皇子様にですか」

そうだと綜劉がうなずく。

「私を倒して即位した暁には、おまえや丞相達を更迭して、弟を丞相にするというような条件だったのだろう」

「弟が丞相に？」

弟の性分なら、その条件に飛びつく可能性は十分にある。

丞相の位が手に入り、しかも自分より出世しそうな兄を失脚させられるなら、たとえ卑怯なことでもしてしまおうと……。

昔から、正妻の子であることに弟は過剰なほど高い矜持があり、正妻の子でない熔雪を見下していた。

何かにつけて傲慢な態度を取り、嫌味を投げつけ、意地悪をしたのである。

『旦那様はお亡くなりになられた熔雪様のお母上様を、それはもう愛していらっしゃいました。お美しくてお優しくて、熔雪様が生まれてすぐにお亡くなりにならなければ、正妻になさったと思います』

東家の家令《かれい》がこっそり熔雪にそんなことを言っていた。

熔雪の母親の生家はあまりいい家ではなかったので、愛妾のような扱いで東家に嫁いできた。男子を産めば正妻にする、ということはよくある話で、熔雪の父もそのつもりだったらしい。

しかしながら、母親は熔雪を産んですぐに他界してしまったため、正妻にはなれずに終わってしまった。

その後、家柄のいい女を父が正妻に迎えたため、彼女から生まれた二歳年下の弟が嫡男となる。だが、熔雪の父は正妻も弟の節儀もあまり愛してはいなかったようだ。

十四歳になって熔雪が綜劉の遊び相手を終えて戻ってきた時には、父は正妻と弟にほとんど関心を向けていなかった。嫉妬深く気位の高い正妻に辟易《へきえき》していて、似た性格の節儀にも同様の態度でいたらしい。

父はもっぱら熔雪と話をし、正妻と弟は離れに引き籠もっていることが多かったと思い出す。

(あの頃から、節儀はわたしを憎んでいたな……)

自分や母が父に愛されないのは、亡くなった愛妾似の熔雪のせいだと、逆恨みしていたのである。

それを今も引きずっていたということだが、だからといってあの場面で類皇子側についたことは許せない。

「わたしへの逆恨みと丞相の地位に目が眩んで謀叛に与するとは情けない……」

たったそれだけの理由で主上と国民を裏切り、由緒ある東家を消滅させてしまったのである。

「しかし、変な話だ。正妻の子が優遇され、跡を継ぐのが当然と主張するおまえの弟が、正妻の子ではないのに世継ぎになろうとしている私の兄と手を結ぶのだからな」

不思議そうに首をかしげる。

「ええ。確かに」

熔雪も同意する。

「そしてここでは、正妻の子だからと王位に就いた私が、正妻の子ではないおまえを重用していたわけだ」

笑いながら綜劉が熔雪へ手を伸ばしてきた。

「主上？」

「あとは寝ながら話そう。今日は疲れた」

熔雪の長袍を引っ張る。

「はい、えっと、あの……主上」

長袍の飾り釦に手をかけた綜劉に問いかける。

「なんだ？」

「こ、後宮妃の所へは、今夜も渡られないのですか」

慣れた手つきで釦を外し始めている。

「行かぬ」

前を開いて、熔雪の身体を眺めながら答えた。

毎日、夕方後宮に戻るとすぐ熔雪は犬房へ行き、清拭して網袋を装着する。しばらくすると沐浴を終えて夜着に着替えた綜劉から呼ばれ、御寝所でその日の報告をした。それが終わると拘束帯を確認して綜劉が鍵をかけ、熔雪は犬房に戻されることになっていたはずなのだが……。

返されたのは初めの日だけで、翌日からずっと綜劉と朝まで御寝所にいる。そして、閨の中で後宮妃のようなことをさせられていた。


「まったく……毎晩用意している後宮妃の支度が無駄だ」

中丞相がぶつぶつ文句を言いながら、犬房に沐浴《もくよく》用の盥《たらい》を運び入れた。毎朝着替えと沐浴用の湯を用意されるのだが、なぜか中丞相が持ってくる。

「そのようなことは雑丞《ぞうじょう》がやるものではないのか」

下位で雑用をする宦官の仕事ではないのかと聞いたところ、

「この後宮では、わたくしは主上の第一の側近なのです。だから主上の犬の世話もするのもわたくしなのですよ」

と答えた。

(第一の側近なら、朝の沐浴をしている主上のところへ行けばいいのに)

心の中で思うが、中丞相はかっとしやすい性分なので黙っている。

男の証を切り取った宦官には、女のように感情的になる者が少なくない。中丞相もそうなのだろう。

「それにしても、主上が男を相手にするとは意外でした。あ、これが本日の服です」

裾が青紫色で、上にいくと薄い青色に変化する生地に、蝶と花が刺繍された美しい長袍を手渡された。

手の込んだ極上の品である。

「毎日違いますが、いったい何枚あるのですか」

今まで同じものが出されたことがない。

「さあ。数えたことはありませんが、百枚は超えているのではないですか」

「これはどなたかの衣装だったのですか」

質問しながらも不思議に思う。

熔雪が着せられている長袍は、綜劉が身に着ける王の衣装とは形が違う。宦官達は黒い地味な服しか着てはいけないし、後宮妃は女性用の装束しか着用しない。

（わたしの前に、ここで誰か丞犬として仕えていた者がいたのだろうか）

綜劉が即位してから今まで、そのような話は聞いたことがない。そもそも、内乱で後宮は少し前まで閉鎖状態であった。となると、前王にも丞犬がいて、その者がこれを身に着けていたのかもしれない。

だが、

「どなたって、あなた以外にいませんよ」

中丞相が熔雪の推測を否定する答えを口にした。

「まさかこれ、わたしのためにわざわざ誂えたのではないですよね」

言いながらも、毎回用意される長袍の大きさが自分にぴったりであることを思うと、そうとしか考えられなかった。

「そのまさかです。あなたのために主上がわざわざ職人に作らせておいでなのですよ」

予想通りの答えが返ってくる。

「何人もの職人を使って何枚も仕立てさせています。主上お気に入りの後宮妃でさえ、週に一枚か二枚だったのに、特別待遇すぎますよね」

丞犬のくせにと口を尖らせた。

熔雪も驚いて固まったままである。

「どうしてそんなことをなさるのだろう」

今日の服を見下ろしてつぶやく。

「それはわたくしが聞きたいですね。これまで、男などにはまったく興味を示されなかった主上が、突然あなたを丞犬にすると言い出されて、そして後宮妃に見向きもされなくなったのですから……それまでは、毎晩欠かさず後宮妃の所へお渡りになってらっしゃったのに……」

「毎晩欠かさず？」

小太子《こども》時代から女官など女性達から絶大な人気があったけれど、綜劉から女性に興味を示すような言動を見たことがなかったので驚く。

「そうですよ。何人もの後宮妃を偏ることなく渡られて、終わられるとご自分の御寝所にお戻りになってらっしゃいました。朝まで一緒に過ごされることは一度としてなかったのに……」

腕を組み、そこも後宮妃の時とは違う、とぶつぶつ言いながら犬房から出ていった。

（いったいどうしてだろう）

夜着を脱いで沐浴用の盥に足を入れる。

湯の入った盥から、清涼感のある爽やかな香りが立ち昇ってきた。朝は芍薬ではなく、白璃花《はくりか》という花の香油が垂らされている。寝起きの頭をはっきりさせるために使われる香りらしい。

（また、増えた……）

白璃花の香りがする湯気が纏《まと》わりついている自分の裸体を見下ろし、肌のあちこちについている赤い痕を眺める。

これらの痕は、すべて綜劉に吸われてついたものだ。

ほぼ毎晩、綜劉のしっかりとした筋肉質の腕に抱かれ、彼の熱棒を後孔に挿入され、熱い精を注がれている。熔雪に精を注いだ証のように、肌に印をつけられた。

（忠誠を試すためだと思っていたのに……）

どんなに恥ずかしくて屈辱的なことをされても綜劉に従いついていく、という姿勢を見せろということだと理解していた。でも、そういう意図で自分を犯しているとは、綜劉の態度からは感じられない。

どちらかというと、お気に入りの後宮妃を抱いて満足しているように見えるのだ。

（まさかね……）

綜劉ほどの人間が、男を抱いて満足するとは思えない。

それを思うと、やはり解せないことである。

そして……。

もうひとつ。

熔雪には理解に苦しむことがあった。

自分の反応のことである。

綜劉から与えられる快楽が心地よくて堪らないのだ。相手は主上といえども、同性に尻を犯されているのである。屈辱的なことなのに、尻を犯されてもたらされる快感にあられもなく善がり、悦んでいる自分に戸惑いを隠せない。

(あの方が相手だから?)

確かに昔から綜劉のことは好きだった。でもそれは、上の者に対する憧れのような好意だったと思う。

支配者としての器量を備えた光り輝く皇子は、熔雪にとって眩しい存在である。東宮御殿で彼の遊び相手として暮らした十年ほどは、とても楽しくて幸せだった。熔雪の記憶の中でも極上の思い出だ。

綜劉に抱かれると、あの頃の幸せな気持ちを更に強くしたようなものを感じるのだ。

彼の熱を身体に受け入れるたびに、激しい快楽と幸福感でいっぱいになる。そんなふうに感じてはいけないのに、彼に抱かれると自分はうっとりとして、女のように悦んでしまう。

犬扱いされて、宮殿でも後宮でも蔑まれているけれど、綜劉の側にいられるならこのままでいいとまで考えてしまいそうになる。

（そんなの、駄目だ！）

自分は弟の裏切りで取り潰しとなった東家の、名誉だけでもいつか取り戻したいと思っている。東太守の家格に戻すことは叶わなくとも、熔雪が国と綜劉を支えて終生忠実に仕えれば、東家の人間は反逆者だけではなく、国のためになる者もいたと後世に残るに違いない。

だから、綜劉の身体に欲情し、淫らな閨の儀式に悦び、溺れ、流されてしまってはいけないのだ。

「しっかりしよう」

それに、綜劉が自分を抱いているのは、ちょっとした気まぐれが続いているだけだと思う。毎晩後宮妃を抱いていたというのだから、少し飽きてしまって男の熔雪が新鮮だったのかもしれない。

いずれ自分にも飽きて、また後宮妃を抱くか新しい妃を貰うだろう。

（わたしに飽きて新しい妃を娶る……）

自分で勝手に出した結論なのに、胸に突き刺さるものを感じた。

かつて、綜劉が元服《げんぷく》するから遊び相手はもう必要ない、と東宮殿から家に返された時のことが重なる。

綜劉からいらないと言われたのではなく、当時の東宮大夫の采配によるものだったが、不用品扱いにひどく傷つき、落ち込みながら東家へ戻った。

（今度は遊び相手ではなく、閨の相手として不用にされるのだろうか）

そこまで考えてはっとする。

「何をわたしは考えているんだ」

自分は綜劉の妃でもなんでもない。一時の慰み者で、裏切り者の一族なのだ。

宮殿での発言権は一切なく、身分も犬と同じにされている。そんな人間が、主上に飽きて捨てられることを思い煩ってどうするというのだ。

考えるだけ無駄なことだと首を振る。

（今は主上のために、昼も夜も勤めることだけを考えよう）

身体を清めながら自分に言い聞かせた。

5

丞犬になってひと月。

内乱が終わって国が安定したのを聞きつけて、外国の使者が多く訪れるようになった。友好を結び交易の約束を取りつけようと、大小様々な国の使者が謁見を申し込んでくる。商人や陳情《ちんじょう》に訪れる州の役人なども多く、謁見希望者が引きも切らない。だが、綜劉が会える数は限られているので、謁見の内容を書面で提出させていた。

熔雪は外国や地方の言葉に明るいため、書類に目を通す役目も任されるようになった。もちろん、丞犬が表立って重要書類を扱うことは出来ない。外の世界と隔絶された犬房での作業となる。

内容を素早く吟味《ぎんみ》し、王の指示を仰ぐ必要があると思われるものだけ綜劉に報告した。少しずつ政に関わる仕事をさせてもらえるようになってきて、励みになる。

「これも正妃の打診か……」

自分の娘を正妃にしてくれと、国内外の王侯貴族達から申し入れてくる数が最近ぐっと増えていた。旺璃国は豊かな土地と豊富な水があるため、内乱が収まってすぐから経済発展が目覚ましい。

若くて有能な王の下、今後一層強大になっていくことを見越して、周辺各国がなんとしても繋がりを持とうと娘を差し出してくるのだ。

もちろん正妃のみならず、後宮妃にというのも多い。現在いる後宮妃の半数以上はこうした申し入れで選んだのだと中丞相が言っていた。

(後宮妃もいいけれど、そろそろ正妃を娶っていただかないと……)

このままでは後宮妃の誰かが先に懐妊《かいにん》してしまう。もし皇子を出産したら、後々正妃の産んだ皇子と争いになるかもしれない。

とはいえこのひと月、綜劉は後宮妃には見向きもせず熔雪を抱いている。自分を抱いている限り子どもは望めない。でも、それでは世継ぎが出来ないということで、決していいことではない。

「浮かない顔をしていますね」

犬房で書類を前に考え込んでいたら、いつの間にか中丞相が夜着を持って入ってきていた。

(相変わらずこの男には気配がない)

足音を立てずに歩く中丞相を見ながら思う。

「主上に正妃を娶ってもらわなければと考えていただけです」

答えながら数枚の書類を中丞相へ差し出した。

後宮妃の召し上げに関しては、中丞相が担当している。申し入れのあった娘の身元を調べ、主上の好みそうな娘なら面接をして、後宮に入る手伝いまでするのだ。

「正妃は……」

ごにょごにょとつぶやく。

「えっ？」

中丞相に訊き返すと、怪訝な面持ちで片眉を上げた。

「なんでもないです」

つんっと横を向く。

「正妃はもういると言いませんでしたか？」

「言ってませんよ。気のせいです」

すぐに否定したが、ふと何か思うところがあったらしい。

「ただ……」

「ただ？」

ちらりと横目で熔雪を見た。

「この後宮の敷地内に、正妃用の新しい御殿を建てる工事が既に始まっている、とだけ申しておきます」

「なんだって？」

「ではこれで」

中丞相は薄笑いを浮かべ、書類を持ってそそくさと犬房を出ていった。

「もう正妃は決まっていて新しい御殿の建設が始まっているということか？」

そんな話は初耳である。

昨夜の閨でも、綜劉はひと言も正妃関係の話をしなかった。だが、御殿の建設が始まっているとなれば、かなり話が進んでいることを意味している。いったいどこの誰を正妃に迎えようとしているのだろうか。

もうすぐ綜劉が御寝所に来る。今夜も自分は呼ばれるに違いない。

(謁見希望についての報告を終えたら、正妃のことを訊ねてみようか)

しかし、その件について自分に質問する資格があるのだろうか。殿中で見聞きしたことや謁見希望についての報告をし、政に関しての質問はひとつだけ御寝所で訊くことが許されている。しかし、正妃や後宮妃に関することは、後宮大夫や中丞相達宦官の領域である。丞犬の自分が口を出していいものではない。

なにより、今の自分が綜劉からされていることを考えると、正妃を貰う件を気にするのは変な意味に取られそうだ。後宮妃が主上の寵愛を他の妃に取られてしまうのではないかと危惧するような、正妃という立場の女性に嫉妬心を持つような……。

（そ、そんなことは、決してない！）

思わず心の中で強く否定した。

綜劉が正妃を娶る件は、以前から熔雪も強く願っていたことである。

どの後宮妃よりも早く正妃が綜劉の皇子を産めば、将来世継ぎ争いが起きる心配はぐっと減るのだ。なのにそれを快く思わないなんて、あるはずがない。綜劉は一刻も早く正妃を娶り、皇子を儲ける必要がある。

（正妃との間に皇子を……）

頭の中に、綜劉が正妃となる女性を抱く姿が浮かんだ。

あの腕の中に、自分以外の人間がいる。

顔もわからぬ正妃の裸体が綜劉に絡みつく。

閨での乱れた自分と正妃が重なって浮かんでくる。

あの太くて熱い剛棒を体内に穿たれ、極上の快楽に悶え、そして、熱を注がれるのだ。

どのように相手を抱き、そして頂点へといざなうのか知っているから、ひどく生々しく想像出来てしまう。

喘ぎ声さえも聞こえてきそうだった。

「い……やだ……」

思わず熔雪は手で耳を塞いだ。

『は……あぁ……、くっ、んんんっ、しゅ……主上……。中に、出して……熱い精を、欲しい……です』

何も聞こえていないはずなのに、はしたなくねだる喘ぎ声が頭の中に響く。

自分の声なのか正妃のものなのか。

「やめ……ろ……」

自分は正妃に嫉妬などしていない。

嫉妬など。

(嫉妬……?)

熔雪は目を見開いて硬直する。

(……わたしは、嫉妬しているのか？　まるで……女のように……正妃に？)

「まさか……そのようなこと、あろうはずが……」

耳から手を離し、机卓に手をついた。

磨かれて艶やかな机卓に、自分の顔が映っている。長い髪を振り乱し、何かに惑わされたように目を見開いて……。

そして、そんな自分の後ろに……綜劉の顔が映っていた。肩越しに机卓に映る熔雪を不思議そうに見下ろしている。

「主上！」

驚いて振り向くと、腕を組んで怪訝そうな表情を浮かべた綜劉が立っていた。その後ろにある御寝所側の扉が、大きく開かれている。

耳を塞いで悩んでいたせいで、開いたことにまったく気づかなかった。

「何がないのだ？」

真面目な顔で問われる。

一瞬幻覚ではなかと思ったが、声が聞こえて本物だと自覚する。

「いえ、あの、なにも……なんでもないです」

しどろもどろで否定する。

「恐い顔で頭を押さえていたが、どこか具合でも悪いのか？」

耳を押さえていたのを頭だと思われてしまったらしい。

「い、いえ、大事ないです。しょ、少々耳鳴りがしただけで、もう治まりました」

まだ見ぬ正妃に嫉妬していたなど、口が裂けても言えないと思いながら告げる。すると、綜劉は困惑の表情を浮かべて熔雪の方へ手を伸ばしてきた。

「正直に言っていいぞ。私はおまえに無理をさせすぎているのか」

熔雪の顎に触れ、顔を自分の方へ上げさせる。

「主上……わたしは、無理などしておりません」

綜劉の精悍な美貌が至近距離に来て、戸惑いながら答えた。御寝所で毎晩淫らなことをしているというのに、こんなふうに見つめられると胸の鼓動が大きくなり、どういう顔をしていいのかわからない。

「大事ないと言いながら、あの時も矢で重傷を負ったではないか」

矢傷に倒れた戦の時の一件を持ち出された。

「あれはわたしの不覚でした。ご心配をおかけして申し訳ございません」

顎に触れている綜劉の手から逃れ、頭を下げる。

「あの、それでは本日の報告を……」

見られてしまった自分の奇行を誤魔化すように、机卓の書類を手に取った。

「……では向こうで聞こう」

これ以上答えそうにないと思ったのか、綜劉が御寝所へと踵を返す。

「はい」

追及されずに済んでほっとしながら綜劉の後を追う。御寝所に設えてある華やかな螺鈿《らでん》細工の机卓に書類を並べ、重要度が高いと思われる順に報告をする。

「朱巽国《しゅそんこく》の商人で債大人《さいたいれん》という者から申請がありました」

言った途端、綜劉が、ほうっ、という顔で身を乗り出す。

「なんと言っている？」

「はい。主上に直接親書を手渡したいとのことです」

「親書ね……」

含みのある顔でうなずいている。

「商人が親書を持ってくるとは、どういうことですか」

通常外交親書というのは、外交官やそれに準ずる者が持ってくるものだ。

「あそこは近くて遠い国だからな」

(近くて遠い？)

朱巽国は、白乾国の向こう側にある国である。以前は旺璃国と頻繁に交流があったが、間にある白乾国との仲が険悪な状態になったことにより、朱巽国との交流は途絶えたという経緯は熔雪も知っていた。

「朱巽国側から白乾国に入り我が国側へ出国することが禁じられてから、外交は途絶えている。だが交易は細々と続いていて、白乾国を避けて大回りをしてでも商人達は商売をしに来る。その商人達を使ってたまに朱巽国から親書が来るということだ」

「そういうわけですか。今回はどのような内容の親書が届いたのでしょう」

「それは会ってみなければわからないが、おそらく武器関係の商売についてだろう。あの国は弾薬の製造を国家事業としている」

「うまくいくといいですね」

「いかなければ困る。軍司馬をやっと更迭出来たのはいいが、我が国の軍備は現在非常に不安定な状態だ」

「そうですね」

表向きは、内乱も収まり発展に向けて国が順調に動き出しているように見せているが、内情は厳しいものがあった。今白乾国に攻め込まれたら大変なことになる。

「戦を避けるために、周辺国とは友好関係を築くことに力を入れているが、万一の備えは早急に万全にしておきたい」

と告げた綜劉に、熔雪は同意を示してうなずいた。

「それに関連して次の申請書類ですが、新型の雷管《らいかん》を取引したいという商人が来ております」

「それも早いうちに会おう」

その日は他にも謁見申請が沢山出ていた。報告のあとに対策を話し合っていたら、すべてが終わる頃には夜がかなり更けてしまう。

「明日も朝から忙しいな」

立ち上がり、首を回しながら寝台へと向かう。

「主上もご無理をなさらぬように」

机卓の上の書類をまとめながら熔雪は声をかける。

「まあ、今だけだ。もう少しすれば落ち着く」

寝台に寝転がった綜劉が応えた。

（そうだ。正妃のことを訊いてみようか……）

正妃は国を落ち着かせるために重要な存在だ。ここで訊ねても不自然には思われないだろう。

「主上……」

書類を置いて綜劉の寝そべる寝台へと歩いていく。

「あの、実は正妃様のことでうかがい……っ！」

近づくと寝台にいる綜劉の手が伸びてきて腕を掴まれた。

「――っ！」

そのまま寝台に引きずり込まれる。

「今日の質問にはもう答えたから終わりだ」

寝台に押し倒された。

「あの……、終わりって……？」

「おまえからの質問は一日ひとつだ」

「あ……」

商人が外交親書を持ってくることに関して訊いたことを思い出す。

「あの、でも、正妃様のことについて大事なお話が……」

覆い被さってくる綜劉の胸に、待って欲しいと手をついて訴える。しかし聞き入れては貰えず、

「駄目だ」

綜劉の形のいい唇が熔雪の唇に重なった。

「ん……」

深いくちづけとともに、強く抱き締められる。やや肉厚の唇が強引に熔雪の唇を奪い、身体を拘束された。なぜかそれは、頭の芯まで痺れてしまいそうな悦びを運んでくる。

「これからは私の質問に答えろ」

唇を外し、熔雪の耳に移動して命じた。

「な、……にを……答えるので……しょうか」

吐息が耳にかかり、ぞくっとする。

「おまえの感じる場所を教えろ」

問いながら熔雪の耳朶を舐めた。

「あっ……あの……」

そんな恥ずかしいことは出来ないと断りたいが、そのような返事が出来る立場ではない。

「ここはどうだ？」

耳の中まで舌が入ってくる。

「うっ、くっ、……くすぐったい、で……す」

肩をすぼめて答えた。

「それだけ？」

ちゅっと耳朶を吸われて、刺激にびくっとした。

「は、あっ、ぞくっと……します」

耳が感じるというのは、これまで綜劉から閨で何度もされているので知ってはいたが、はっきり言葉にするのは初めてだ。

「あぁっ。くっ、うっ」

(どうしてこんな所が感じるのだろう)

改めて自分の身体を不思議に思う。耳から首筋を通り、鎖骨まで舐め下ろされると、更にぞくぞくする感覚に襲われて身悶えた。

「質問はこれからが本番だぞ」

熔雪の反応に苦笑しながら言う。

「これ……から？　あっ、そ、そこはっ！」

鎖骨の下にある乳首を綜劉の唇が挟んだ。快感がそこからじわっと広がる。

「あぁっ、そんな、擦って、は、くっ、ふんっ」

挟んだ唇で乳首を擦るようにされると強い刺激がもたらされた。上半身を反らせて必死に声を抑えようとするけれど、鼻から抜けるようなはしたない声が漏れてしまう。

「感じるか？」

唇を離し、舌先で乳首を突きながら訊く。

「んっ、は、恥ずか……しい、で、す。うっ、くぅっ」

綜劉の舌の動きにびくんびくんと痙攣しながら答えた。

本当に恥ずかしくて堪らない。自分は男なのに、そんな場所を舐められただけではしたない声を堪えられないほど感じてしまっているのだ。

「初めの頃より感度が良くなっているようだな。前はこんなにすぐ勃ったりしなかった」

見てみろと命じられ、目を閉じて喘ぎを堪えていた熔雪は、そっとまぶたを開く。

「うっ……！」

舐められた方の乳首が、つんと勃っているのが見えた。熟した李《すもも》のように赤くなり、綜劉の唾液でいやらしく濡れ光っている。

「もう……お許しを……」

恥ずかしいと思わず横を向いてしまった。

「こちらも勃たせてやろう」

反対側の乳首に吸い付かれる。

「はぅんっ！」

強く吸われて、熱い快感が身体の奥から飛び出してきて、思わず綜劉の髪を掴んでのけ反った。

「左側より早く勃ったな」

よしよしとあやすように舌で転がしている。

「は、くっ、……んんっ、そ、そんなに……しないで……おかしく、なりそうです」

「なぜおかしくなる？」

乳首が感じるからと言え、と舐めていない方も弄られた。しかし、そこは男が感じてよがるような場所ではない。

それに自分は東進士であった人間だ。女の悦ぶ場所が感じるなど、いくら丞犬にされたとはいえ言うわけにはいかない。

「あぁっ、だ、だから……うっ、捩っては」

ビクンッ、ビクンッ、と変な痙攣をしながら首を振る。

自分の反応がいつも以上に強くて戸惑う。乳首を嬲《なぶ》られているだけで、まるで達ってしまいそうな感じがした。

（まさか……そんなこと、あるはずない）

乳首だけで達くなど、ありえないことだ。

だけど、吸ったり、指で捩られたりしているだけで、頭の奥に官能が高まっていくような鼓動が響く。

弄られている乳首の先端が熱くて、気持ちがいい。

恥ずかしくて堪らないのに、いつの間にか肘で上半身を持ち上げ、綜劉の唇や指に自分から胸を押しつけていた。

形の良い唇が右の乳首を吸い、大きな手指が左の乳首を摘まんでいる光景が目に入る。あまりのいやらしさに、それまで以上に強い羞恥を感じるが、連動するかのように官能も高まった。その上、

「こうするとどうなんだ？」

右の乳首を歯で挟まれる。

「ひぃっ！　か、感じます、だ、だから、あふうっ……つうっ！　痛いっ！」

軽く扱かれたら、とんでもない快感とともに、激痛が走った。思わず感じると口走り、痛みも訴える。

「痛い？　ああ、ここか」

綜劉が両腕で自分の身体を持ち上げ、二人の股間に目を向ける。そこには、網袋いっぱいに膨らんだ熔雪の竿があった。

「ここを取るのを忘れていたな。それにしても、まだ上しか可愛がっていないのにこんな

にしているのか」

袋の中でひしゃげて膨らむそれは、熔雪の呼吸に合わせてビクンビクンと哀れなほど震えている。

いつもなら拘束帯を取り外すことから閨の儀式は始まるのだが、今日は少し違う手順で始まってしまったため、そのままだった。

「この状態なら痛むのは当然だ」

既に先走りで先端部分の網が濡れている袋を摘まみ、ぐいっと引き上げた。鍵をかける前なので難なく外れる。

「はうぅんっ！」

袋が外れる際に竿を扱かれ、つい喘いでしまった。

「可愛い色で勃っている」

苦笑しながら熔雪の背を起こして寝台に座らせると、後ろから熔雪の背中を綜劉の胸につけさせる。

前に伸びてきた手が膝裏に入り、抱え上げて膝を開かれた。小さな子に小水をさせるような格好だ。

「しゅ、主上！」

股間をさらけ出す格好にされて焦って振り向く。肩越しに、熔雪の秘所を凝視している綜劉の顔が見えた。

「このまま開いていろ」

膝裏から手を抜きながら言う。

(そんな……)

後ろからとはいえ、先走りを滴らせて勃起する竿を見られるのは堪らない。なのに、

「ここを弄るだけで達って出してみろ」

後ろから熔雪の乳首を摘まんでとんでもない命令を口にした。

「で、できま……っ、ううぅっ」

無理ですと言おうとしたが、両乳首を強く捩られて言葉を奪われる。

「感じるといつまでも素直に言わなかった罰だ」

綜劉の親指と人差し指の間に、熔雪の赤い乳首が転がされた。

「はあっ……で、でも、んっ、か感じます……感じますから、くっ、あっ」

少し前に達きそうなほど感じさせられていたため、すぐに官能の鼓動が全身を震えさせる。先走りで濡れ光る竿は、ビクビクと揺れ、くびれがくっきりとわかるほどに勃起していた。はしたなく漏らし続ける先端の穴は、パクパクと開閉を繰り返す。

(ああ、恥ずかしい……)

恥ずかしくて、でも気持ちが良かった。乳首を痛いほど強く摘ままれると、頭の奥まで

痺れるような快感に襲われる。

本当に乳首だけで達ってしまいそうだった。いや、達ってしまうのは時間の問題だと思う。

「あ、もう、……だ、駄目……っ！」

達きそうになるのを、息を止めて堪えようとする。すると、

「ここも赤く膨らんでいる」

と、後ろから綜劉が耳朶に吸い付いてきた。

その刺激が熔雪の最後の砦を崩す。

大きく痙攣し、竿の根元が膨らんだ。

「ひぅっ！　くっ、はっ！　ああっ！」

熱い激流が身体の奥から外へと一気に飛び出すように暴発する。

「派手に出したな」

二人の前にある寝台や垂れ下がる錦の布に、熔雪の放った白い露が飛び散っていた。

達ってもなお乳首を弄り続けられているため、熔雪の身体は何度もビクビクと残滓を吐き出す。

「いやらしい光景だ」

後ろからじっと観察しながらつぶやいた。

「しゅ、主上……いや、です」

喘ぎながら首を振る。

「善くなかったか」

弄る手を止めて質問した。

「よ、善かったです。すごく、感じました。でも、わたしは……しゅ、主上で……達きたい……です」

息を乱し、切れ切れに訴える。

「私がいい？」

「はい……主上を、わたしに、挿れて……ください」

はしたない言葉を自分から口にした。

「私をここに欲しいのか」

乳首から離れた手は、腹から股間を通り、熔雪の後孔に到達する。

「うっ……はい……」

襞をなぞる指にうなずく。

「こんなふうに？」

蕾を割って指先が挿入される。先ほど放った熔雪の露で、後孔まで濡れていた。そのせいで滑りがいいらしく、ずるっと指が奥に挿入った。

「くっ。ふうぅぅんっ」

乳首とは違う快感に喘ぐ。

「どうだ？」

「い、いいです。感じ……ます。んっ、あぁっ」

素直に答えた。一度達かされてしまうと、頭の芯まで痺れてしまうのか、羞恥心が少しだけ和らいでいる。

「すっかりここで感じることを覚えたな、おまえはこんなところでも物覚えがいい」

苦笑しながら指を増やした。

「あぁ……っ」

達ったばかりの身体は、与えられた刺激にすぐ反応する。

「昔は、おまえの覚えの良さに困らされたが、今は助かる」

「むか……し、どうして、困ったの……ですか」

喘ぎながら振り向くと、肩越しに薄く笑みを浮かべた顔が見えた。

「世継ぎの皇子である私が、遊び相手として来ているおまえに勉学で劣るわけにはいかなかったからな」

幼少の頃から、綜劉は将来の王として様々な教育を受けていた。五歳になると熔雪も一緒に学ぶようにと机を並べさせられる。

（あの時のことか……）

しばらくして算術の勉強が始まると、計算が得意な熔雪は問題をすらすらと解いた。予学《よがく》（現代の小中学校）から派遣されてきた予学師《せんせい》から、

『殿下より速く解いてはいけない。殿下のあとに解けたと報告しなさい』

と、叱られるほどだったのである。

だが数日もすると、ゆっくり解かなくてもよくなった。綜劉の方がずっと早く解き終わるようになったからである。

『わざと遅くしなくていいぞ。これからは必ず私が先に解く』

熔雪に宣言し、その通りになった。毎晩遅くまで勉強していたらしい。昔から睡眠時間が短く、勉強に使う時間を熔雪より多く取れたから出来たともいえるが、出自に胡坐《あぐら》をかかず、自分自身の力で上に立とうと努力し、そして結果を出していたのである。

剣術や武術、馬術などは持ち前の運動神経の良さで、熔雪よりずっといい成績を収めていた。

努力と才能の二本立てで文武に長けた人物に育っていく綜劉を、一緒にいてとても眩しく感じていたことを思い出す。

とはいえ、今は昔を悠長に懐かしがっていられる状況ではない。後孔で抽挿を始めた綜劉の指に、身体も意識も大きく揺さぶられている。

「どうだ」

「ん、い、いい。あ、しゅ、主上……そこは……っ、あぁぁっ！」

挿れていない方の手で袋を握られ、びりっとした刺激に背中をのけ反らせた。

「本当に感度がいい。出したばかりなのに、もうこんなにして」

袋から手を離し、再び勃起した竿を擦る。

「あっ、んんんっ！」

強い快感が背中を駆け上がり、後ろにいる綜劉に身体を預けて喘ぐ。

「凄い締めつけだ。ここにもっと私を覚え込ませてやろう」

挿れていた指が抜かれ、左膝を掴まれたまま仰向けに寝かせられた。

衣ずれの音がする。

「息を吐いて力を抜け」

命じられた通り息を吐いた。

「あ……」

後孔に熱い肉を感じる。

指で緩んだ後孔の襞を熱棒が開く。

「ひっ、あ、んんんっ」

熔雪の蕾を突き刺すように、ゆっくりと熱棒が押し込まれた。

（ああ……奥に……くる）

太い部分が通り過ぎ、くびれの部分が中に収まると、中にある感じる部分を余す所なく刺激される。

既に毎晩の行為で綜劉を覚え込まされている熔雪の後孔は、受け入れただけで悦びに収縮した。

「おまえの中に挿入っているのは誰だ？」

存在をわからせるように挿入した腰を揺らして質問した。

「しゅ……主上です。んっう……」

「私を挿れられるのは嫌か？」

「い……いいえ、そのようなことは……あっ、んんっ」

軽く抽挿されただけで、痺れるほどの快感が湧き起こる。

「それならここで、おまえは快楽だけを追っていろ」

「か、快楽……だけ？」

「こうして私を挿れられることだけに集中して、他は考えなくていい」

「そ……んな……うっくっ！」

どうしてだと思うが、強く穿たれてのけ反った。

断続的に腰を使われ、強い快感に襲われる。

「ひ、うう、つよ、強すぎ……ます」

寝台の錦の敷布を握り締めた。

いつの間にか左足は綜劉の肩に担がれ、浮き上がった腰に熱棒を穿たれている。

「はぁ、も、もう、……主上、そこ、それ以上突いたら、あ、くっぅぅう、達ってしまい、ます」

激しい快楽の波に襲われた。

「まだ挿れたばかりだ。耐えろ」

無体な命令に、はぁはぁと息を乱しながら首を振る。

(耐えろ……って……)

「う、うぅぅっ……く。んっ」

心の中で無理だと訴えながらも、達かないようにと唇を噛み締めた。

「一段と硬くなっている」

指先で軽く竿を押される。わずかな刺激にも反応し、熔雪の股間で勃起した竿が、ビクビクとはしたなく揺れた。

先ほど乳首で達かされるという恥ずかしい行為で、みっともないほど沢山吐精したというのに、熔雪の股間で快楽の熱い露が放出の時を待ち焦がれている。

どうしてこんなに感じるのか、不思議でならない。

「主……上……」

唇を震わせて綜劉を呼び、我慢ならなくて両手を差し出す。

「もう駄目か？」

苦笑を浮かべた綜劉が左膝を抱えたまま覆い被さってくる。ぐっと結合が強まり、最奥を穿たれた。

「ひぅうっ！」

悲鳴を上げながら綜劉の首にしがみつく。

「いつもは澄まし顔なのに、こんな時には可愛い顔を見せる」

熔雪を抱き返すと、抽挿の速度を上げた。

頭の中が真っ白になるような快感が全身を覆う。

「はぁっ、あぁっ、も、もう、駄目……、中が、熔けてしまっ、ひぃっううぅっ」

綜劉にしがみつきながらかなり大きな嬌声を上げて二度目の絶頂に達した。

「いい締めつけだ」

痙攣する熔雪に強い抽挿を与える。

「も、ゆるし、て、あぁっ。お、おかしく、なりまっ……」

強すぎる快楽に許しを請う。

「なればいい」

穿つ勢いは止まらない。

「ひ、うぅっ。くっ、ふっ」

全身から汗が噴き出た。

二度の吐精を終えた熔雪の竿は、昂りを鎮める間を与えられず、抽挿に合わせて残滓を飛び散らせる。

もうこれ以上出ない、と頭の中で叫んだ時、

「いくぞ……っ！」

ひときわ強く突くと、熔雪の中に熱い精を放出した。

「あぁぁっ、――――っ！」

全身が痺れた。綜劉にしがみついていた手が離れ、のけ反った身体が寝台に落ちる。

「かなり感じたようだな。私もよかった」

息を乱している熔雪の耳に囁くと、

「だが、まだ満足はしておらぬ」

と。再び腰を揺らした。

熔雪の中に放たれた精が、ぐちゅっと淫靡な水音を立てる。

「も、もう。無理です！」

はっとして慌てて訴えたが、既に両膝を綜劉から抱えられていた。

「今宵は満足するまでだ」

身体を二つに折り曲げられた熔雪へ、吐精しても硬度を保ったままだった綜劉の熱棒が抽挿を始める。

(満足するまでってことは……今まではしていなかった?)

綜劉の言葉に衝撃を受けるけれど、再び始まった淫らな攻めに身体が急激に反応を示す。

三度目、四度目と快楽の頂点へと押し上げられ、熱い精を注ぎ込まれる。後半になると熔雪の意識はほとんどなかった。


(結局昨夜は、正妃の話は聞けなかったな)

翌日。旺璃宮の庭に流れる川を見つめて、ため息をつく。

朝目覚めたら綜劉の姿は寝台にはなく、

「主上は既に朝議に向かわれています」

と、御寝所付きの宦官から言われてしまった。

綜劉の睡眠時間は今も変わらずひどく短い。そして驚くほど体力がある。

ずっと付き添っていたら寝不足で倒れてしまうので、専属でつく宦官は大変だと中丞相も言っていた。

確かにそうだと思う。昨夜も疲れたと言いながら熔雪を精力的に抱き、そして仮眠のような睡眠時間しか取らずに起きているのだ。

そういうところも王に必要な能力だと中丞相は言うけれど、あんなに寝なくて大丈夫なのだろうかと心配になる。

犬房で支度を終えて璃和殿へ向かおうと廊下側の格子扉を開いたら、

「お待ちください」

廊下で待ちうけていた中丞相に、犬房から出るのを止められた。

「なんですか」

「先ほど主上から、丞犬は後宮から出さぬように、との命令がございました」

「なぜです？」

怪訝な表情を向けて問う。

「さあ、理由は存じ上げません。とにかく、犬房にいてください」

中丞相が事務的に告げた。

「では、謁見書類の分類は？」

主上に命じられた大切な仕事である。

「丞相殿の部下に任せるそうです」

どうやらどうあっても今日は後宮から出てはいけないらしい。食事も犬房に運び込まれ、外への道は閉ざされた。

「まったく、丞犬に後宮妃よりいい食事を与えるとは……」

ぶつぶつ言いながら、中丞相は料理を持ってくる宦官達に指示を与える。

食事用円卓に豪華な料理が次々に並べられていく。

(もしかして、昨日耳を塞いでいた時に具合が悪く見えたからか？)

あの時綜劉が自分を心配していたのを思い出す。それで今日、ここで静養しながら仕事をということなのかもしれない。

しかしそれなら、あんなに激しい房事《ぼうじ》を自分相手にするだろうか。

『今宵は満足するまでだ』

と言っていたのを思い出す。

満足するほどするというのは、昨夜のように熔雪が気を失ってしまうくらいなのだ。それをしてしまったから、今日は休めというのであればわかる。

その時はそれで納得したのだが……。

「主上は本日後宮にはお戻りになられないそうです」

夕方になって宦官が言いに来た。

「何かあったのですか？」

「国境付近で小競り合いがあったという噂を聞いていますが」

と、宦官が答えたところ、

「丞犬と無駄話をするでない！」

中丞相が鬼の形相で犬房に入ってきて咎める。

「申し訳ございませぬ」

宦官が肩をすくめてすすすっと下がっていく。

「まったく。わたくしの目を盗んでこそこそと」

宦官が下がっていった方を睨む。

「目を盗んで？　別に他の宦官が来てもいいのではないか」

熔雪の言葉に中丞相は目を吊り上げた。

「駄目です！　丞犬の担当はわたくしですからね！」

熔雪のことを丞犬と見下してはいるが、他の者に担当させたくないという態度である。

(なぜそこまで執着するのだろう)

中丞相というのは、宦官の中で最高の位だ。後宮では後宮大夫という身分が最高位であるが、大臣職なので宦官が選ばれることはない。なので、中丞相が最高位となる。

偉いのだからどっしりと構えて、顎で下っ端の宦官を使っていればいいのではないかと思う。

（変な奴だな。それにしても……）

「国境で何があったのです？」

いつまでもぶつぶつ言っている中丞相に問う。

「ええ。攻めてきたので……っ」

はっとして自分の口を塞いだ。言ってはいけないことらしい。

「攻めてきたって、白乾国が？」

質問する熔雪にくるりと背を向け、

「わたくし仕事がございます。も、もうすぐ夜ですから、ちゃんと拘束帯を装着していてくださいね。あとで確認しますよ」

何かを誤魔化すように早口で告げると、そそくさと犬房から出ていった。

「白乾国が攻めてきたということは……まさか類皇子と弟の節儀が？」

嫌な予感がした。

そしてその予感の真偽を、ここでは確かめられない。

（明日、主上に訊こう）

ひとつだけ許される質問はそれにしよう。本当は正妃のことを訊きたかったのだが、今はそれどころではない。

もし戦になるのなら、自分に出来ることは何でもしたい。類皇子と節儀を捕らえれば、綜劉が王として何の憂いもなく国を統べることが出来る。弟を捕らえて東家の名誉を回復出来るのなら、命を落とすことになってもいいとまで思う。

しかし……。

「本日も主上は戻られません」

落胆するような言葉を中丞相が熔雪に述べた。

「なぜです？　国境で大変なことでもありましたか」

がっかりするとともに、また戦の再開かと危ぶむ。

「さあ、宦官のわたくしにはわかりません」

いつものようにつんっとして答えた。

「あなたは普通の宦官ではないでしょう」

中丞相というのは後宮と宮殿を行き来出来る身分である。

「もし知っていても、丞犬に教えることはないですよ」

「ということは、やはり何かあるのですね」

逆手にとって問い詰める。

「とにかく、丞犬は犬房で大人しくしていればいいのです。働くこともせず、御馳走を食べていればいいのですから、中丞相のわたくしよりずっといい身分ですよね」

慌てたように言うと踵を返し、熔雪を犬房に残して廊下に出るとぴしゃりと格子扉を閉めた。

「無駄話をせずにきちんと見張っているのですよ！」

監視の宦官に告げ、すすすっという沓音が遠ざかる。

（やはり戦の再開か……）

そうとしか考えられない。そして自分に何ひとつ情報がもたらされないのは、裏切り者の血を引いているからではないだろうか。

（やはり主上は、わたしを信頼してくれていないのだな）

情熱的に自分を抱き、可愛いと囁き、何度も深く繋がったのに、心の距離は離れたままだったということである。

（どうすればいいのだろう）

どうしたら綜劉からの信頼を取り戻せるのか思い悩む。

だが、いくら考えてもいい案は浮かばない。なにより、こんな犬房に閉じ込められていたら、手の打ちようがない。

そしてその後も、綜劉は熔雪の元に戻ってこなかった。

当初は一日か二日で収まると思われていたが、二日三日と続いていく。

綜劉から伝言ひとつなく、熔雪は犬房に留め置かれたままだ。まるで飽きられた愛玩犬のような扱いである。

（わたしは……飽きられたのだろうか……）

つい、そんなことまで考えてしまう。

もしかしたら、綜劉は毎晩後宮に戻ってきていて、他の後宮妃の所へ行っているのかもしれない。そこで朝まで過ごし、また璃和殿に戻っていたら熔雪と顔を合わせる機会はないのでわからない。

（まさか……）

熔雪を抱くまで、後宮妃を毎晩抱いていたと中丞相が言っていたことを思い出す。並外れた精力を持つ綜劉が、何日も禁欲していられるのだろうか。

「な、なにをわたしは不敬なことを！」

主上を貶めるようなことを考える自分を叱責する。

（だけど……）

どうしても、綜劉と後宮妃のことが頭から離れない。見たことはないが、後宮に揃えられた妃達は、それはもう美しい女性ばかりらしい。

中丞相が腕によりをかけて選んだ妃達だと自慢していた。

（その方々を毎日……）

美しい女性を抱く綜劉を想像すると、叫び出したくなる。

しかし、そんな自分にはっとした。

（わたしは……なにを考えている？）

後宮妃達に嫉妬するようなことを考えている自分に眉を寄せる。以前も、綜劉と正妃との関係に嫉妬を覚えていたが、今度は後宮妃のことを不快に思っている。

「こんな……わたしらしくない、情けない……」

そのようなみっともないことを考えるのはやめろ、と、自分で自分を叱りつけ、嫌な想像を追い払うように頭を左右に振った。

「このような場所に閉じ込められたままだから、無駄なことを考えるのだ」

犬房は後宮の中でも隔絶された場所にある。後宮妃達のいる房は綜劉の寝所を挟んだ向こう側で、広い庭に後宮妃用の房殿がいくつも連なっていた。後宮妃同士顔を合わせ、お茶を飲んだり食事をしたりと、交流も許されている。

しかし、熔雪のいる犬房は格子と壁に挟まれた味気ない部屋で、廊下の外側の扉から塀に囲まれた小さな庭に出られるだけだ。

他の後宮妃と話をしたいとは思わないが、話し相手があの中丞相しかおらず孤独である。だから余計変なことばかり考えてしまうのかもしれない。

「少し冷静に考えよう」

自分自身に言い聞かせた。

（国境での争いが激化しているのかもしれない。主上は重臣達と寝ずに戦略を練っている

から、後宮に戻られないのかもしれない）

前向きに考えを巡らせる。

しかし、情報が得られないので、考えはすぐに行き詰まる。

書物や楽器など、希望すれば大抵のものは取り寄せることが出来たが、外の情報については何も入ってこない。

（せめて、後宮ではなく璃和殿にいさせてもらえれば、もっと正確な情報を得ることが出来るのだが……）

中丞相を呼び付け、外に出たいと申し出てみた。

「それは駄目です。犬房から出すなと主上の命令です」

当然のごとく、後宮を出る許しは下りなかった。

「では主上に会わせてください。直接お話がしたいのです」

突然犬房に閉じ込められたままである。どうしてなのかだけでも、直接綜劉の口から聞きたかった。

「主上とお話は出来ません」

「どうしてですか」

「お忙しいのですよ。わたくしとて、ここ数日お会い出来ておりません」

それなのに丞犬ごときが会えるはずがないという顔で言われた。

（中丞相も会えない？　どういうことだろう）

「ああ、他の宦官に訊いても同じですよ。わたくしの知らないことを知っている者はおりません。ここで大人しくしているしかないのです」

中丞相は犬房から出ると、扉に鍵をかけて行ってしまった。

「主上には会わせてもらえないか……」

中丞相も会えないとなると、ただならぬことが起こっているに違いない。やはり戦だろうか。

他の宦官に訊いても無駄と言うが、ほぼ犬房に閉じ込められている状態なので話など出来ない。犬房の外廊に面した庭に出る時は、必ず人払いがなされて中丞相に監視される。以前から中丞相は、熔雪が他の宦官と話をしようとすると、なぜかもの凄く嫌がって阻止していた。

最近は外廊で監視していた宦官をひとつ手前の扉まで下げさせ、丞犬には絶対に近づくなと命じているらしく、他の者と話す機会がまったくない。

（いや、待てよ！）

着替えや沐浴の盥などは中丞相が持ってくるが、食事は数人の宦官達が運んでくる。下げるのも同じ顔ぶれだ。

「話をする機会はないが、手紙をやり取りするなとは言われてないよな」

熔雪は筆を手にして微笑んだ。

こっそり進士時代の知り合いへ出した書簡《しょかん》の返事が戻ってきたのは、翌々日の夕餉の時だった。

「やはりこんなことが……」

白乾国が類皇子を使って国境を攻めていた。もちろん、熔雪の弟の節儀が大将となり、旺璃国の本当の王に王位を取り戻すのだと息巻いているという。

せっかく落ち着きを取り戻したと思ったらまた戦で、宮殿内も国内もピリピリしている。熔雪が後宮にとどめられているのも、弟のことで責められないようにと主上が配慮してくれたのだろうとあった。

(そうだったのか)

節儀が大将となっているなら自分は囮に使われたり、見せしめに公開処刑されたりしてもおかしくはない。だが、綜劉は熔雪と節儀との確執を知っている。ここで熔雪を処刑すれば、逆に節儀を喜ばすだけだ。そんな相手の士気を高めるようなことをするはずがない。

とはいえ、わざわざそれを皆に説明する余裕はないから、自分は目立たぬように後宮に留め置かれたのだろう。

事情を知り、申し訳ない気持ちでいっぱいになる。

信用されていないと落胆したり、後宮妃に詰まらぬ嫉妬をしたりした自分を、恥ずかしく思いながら先を読む。

書簡には、戦況は思わしくないと続けられていた。

軍司馬を更迭したばかりだったので、軍備が手薄だった。しかも、戦いの中心にいなければならない衛将軍は腰を痛めており、思うように動けない。衛将軍の右腕を務めるべき東太守は裏切って敵方の大将となり、補佐を務めていた熔雪は後宮で幽閉状態だ。

戦を主導する人材が不足しているため、王自らが太守達を率いて国境付近まで出向いている。急場で本陣を敷いて、そこから攻めの指示を出しているらしい、と書かれていた。

(主上自らが?)

信じられない無謀な話だ。

もしそこを集中的に攻められたら、王の身に危険が及ぶ。

王を失ったら国は終わりだ。正妃も継ぐべき皇子もいないのだから、すぐさま類皇子が即位し、旺璃国は白乾国の傀儡《かいらい》になってしまう。

「わたしに任せてくだされば……」

歯がゆい思いで返事の紙を握り締める。

自分が衛将軍の代わりに先頭に立ち、兵師団を動かせばすぐに討伐出来る自信はある。

王を危険な戦場に置くようなことには絶対にさせないのにと……。

「何をそんなに真剣に読んでいるのですか」

突然後ろで声がして驚くが、すぐに中丞相だと思いながら振り向く。

「なにか？」

さっと巻紙を隠すも、その前に見られていたらしい。

「どこからそういう物を手に入れたのですか」

すぱっと切れてしまいそうに鋭い目で見られる。

「事情を知らされないので、自分で調べただけですよ」

負けずに見返す。

「調べてもどうにもならないでしょう？　あなたはここで丞犬として繋がれていなければならないのですから」

馬鹿にしたように息を吐き、口の端を持ち上げた。

「わたしを衛将軍のところへ行かせてください。旺璃宮にいらっしゃるのですよね？」

強い口調と表情で言う。

「駄目です。あなたはここにとどめておけと主上の命令です。主上の命令を守るのがわたくしの役目です。でないと、中丞相の身分を失いますからね」

つんとして横を向いた。

「その主上がいなくなってしまわれたらどうします？」

「えっ？」

びっくりして細い目を見開く。

「最後に主上に会われたのはいつですか」

「……丞犬をここに留め置けと命じられた翌日ですよ」

それから綜劉は後宮に戻っていないし、用もなく後宮以外の場所に宦官が出てはいけないので、熔雪と同様にずっと綜劉には会っていないということである。

「主上は戦地に出向いてらっしゃるそうです。すぐに戻っていただかなければなりません」

一刻を争うのだと訴えた。

「わたくしにも丞犬にも、そのようなことをする資格はありません。わたくしたちはここで大人しくしていればいいのです」

頑固な答えが戻ってくる。

「主が倒されたら、あなたはここの後宮妃とともに処刑されますよ」

それが侵略された王国の定めだ。後宮妃達は相手の国の兵達に慰み者とされたあと殺され、宦官は敵国王の側近をしていた罰として拷問《ごうもん》の上処刑だ。

「しゅ、主上が倒されることなどありません」

少し顔を強張らせた。

「いいえ、倒されるかもしれません。わたしの弟は狡猾《こうかつ》です。白乾国の援助を得て最新の武器を持ち、それなりの軍勢で攻められたら、一気に落とされますよ。なにしろ、向こうには軍司馬がいるのですから」

「軍司馬が？」

中丞相が驚いて声を上げる。

「軍司馬が先日更迭されたのを知っていますよね？　もし類皇子側についていたら、こちらの手の内は全部見えているでしょう」

熔雪の告げた内容がどれほど重大なことか、中丞相には即座にわかったらしい。

「そ、そ、それは、大変だっ！」

おろおろと犬房の中を歩き回る。

「わたしにいい案があります」

笑みを浮かべて告げた。

「どのような！」

机卓に手をつき、身を乗り出して訊いてくる。

「前回の戦の際に使わなかった戦術がいくつか残っています。弟の考えそうな攻めを逆手に取る陣形を敷いて、その戦術を使えばいいのですよ」

熔雪の戦術を使って太守達が兵を動かせば、敵を追い払うことは可能だ。王がわざわざ現場で指揮をしなくて済むことを説明する。

「このような陣形を取らせて……」

筆を手にして机卓の巻紙に記した。中丞相はそれを食い入るように見つめながら、熔雪の話を聞く。

「なるほど……」

説明し終わると、納得した表情で何度もうなずいた。

かなり難しい内容であったが、理解出来たらしい。若くして中丞相の位まで一気に駆け上がったのは、それなりに有能だからだろう。

「わかりました。ではここから出ることを許しましょう」

犬房の外に出よと熔雪をいざなった。

6

門が外され、熔雪は数日ぶりに後宮から出た。

戦のせいなのか、以前はもっと人がいてざわわしていた璃和殿はひっそりとしている。璃和殿を突っ切り、中左殿へと入る。衛将軍のいる軍師詰め所に行くと、くたびれた老人が椅子に腰かけてうつらうつらしていた。

戦の最中なのに緊張感がないなと思いながら声をかける。

「衛将軍！」

熔雪が呼ぶと、はっとしたように目を開けた。

「おお、熔雪か……」

痛たたたと言いながら身体を起こす。椅子の横まで来た熔雪は膝をつき、

「戦いのお手伝いをしに参りました。相手を一気に倒す新しい戦術を考えてあります」

戦法を記した巻紙を差し出した。

しかし、衛将軍はそれを受け取らず、

「もうよい、いらなくなった」

左右に首を振った。

「なぜです？」

「既に戦は停まっておる」

衛将軍の言葉に目を見開く。

「まさか……」

嫌な予感がした。戦いに負けたか、それとも綜劉が討たれたか……最悪ならその両方もありえる。

（わたしは遅かった？）

愕然としている熔雪の前に、伝令兵が走ってくる。

「衛将軍！　白乾国からまた書簡が届きましてございます」

伝書鳥が運んだと思われる書筒を差し出した。

（白乾国からまた？）

衛将軍が面倒くさそうに書筒の中の書簡を取り出している。

「また和議の申し入れか」

面白くもなんともないというようにつぶやく。

「優勢だった白乾国側から和議をと？」

信じられない思いで熔雪が聞き返す。

「ふん。しょうもない申し入れをしてきたのう……」

よっこらしょと重い腰を上げる。

「どのような？」

「馬鹿げた要求じゃ」

書簡を熔雪に手渡した。

「前にそれを読んだ主上は、笑って投げ捨てておわしたわ」

「投げ捨てるって、和議を受け入れないのですか」

「既に戦は停まっておるのじゃ」

和議などする必要はないという。

「夕刻に閣議が開かれる。わしはそれまで少し休んでおるわ」

ああ眠くて堪らん、と、衛将軍は将軍用寝所へ行ってしまった。熔雪は頭を下げると、手渡された書簡を広げる。

和議の条件として、

・白乾国王の二の姫を綜劉の正妃にすること

・節儀を丞相に取り立てること
・一両日中に節儀の兄を人質として白乾国に送ること
この三つの条件を呑めば、即時和睦する。


というものであった。

(節儀を丞相にって……)

兄を人質にして敵国に送り、自分は丞相の地位を手に入れるという条件は、節儀本人が白乾国王に持ちかけたとしか思えない。

そしてその下の、白乾国の姫を綜劉の正妃にするという内容に、しばらく目を奪われる。

「本当にしょうもない条件を突き付けてきましたね」

熔雪の持つ紙を覗き込み、中丞相がくっくっくと笑った。

「いつの間にいたのですか？」

この男に気配がないのはわかっているが、唐突に出てくるのでいつまでも慣れない。

「ずっとあなたの後ろにいたではないですか。ふんふん。二の姫を正妃にね……白乾国の姫君の中では一番の美人ですが」

今いる後宮妃達の方がずっと美人だとつぶやく。

「この条件を受けなければ、また戦になるのか……」

国境でかなり苦戦していたと聞く。一度休戦して撤退をしてしまうと士気は下がるし、先ほど熔雪が考えた戦法も使い辛くなる。もし戦が再開したら、今度は敗戦するかもしれない。

「でも主上は断ると思いますよ」

心配を口にした熔雪へさらっと中丞相が告げる。

「危機的な状況になるかもしれないのに？」

「主上は部下を売り渡すようなことはされるはずがないですし、正妃もご自分で決めた方にすると常々申されております」

先ほどおろおろしていた時とは別人のように、なぜか自信たっぷりな態度だ。

「そのような我儘が通る事態ではないですよね」

どう見ても立場はこちら側が弱い。

「でもねえ……。こんな不利な条件を受け入れないと和議が叶わないようでは、敗戦と同じです」

白乾国の傀儡《かいらい》国に成り下がったということになる。

「まあそうですが。でも、今の状況だと和議を結んでおかなければ、いずれ本当に敗戦してしまいます」

負けたら傀儡どころか国がなくなってしまうのだ。だが、衛将軍も中丞相も口を揃えてこんな条件は呑めないという。

（それでいいのだろうか……）

いいはずがないと即座に思う。

綜劉には正妃と世継ぎが必要で、今は他国と争える余裕はない。好き嫌いより国益で考えるべきだ。

そうなると……。

熔雪は書簡を握り締めて衛将軍の寝所へ行こうと足を踏み出す。

「どちらへ？」

中丞相が問いかける。

「衛将軍のところへ、剣と武具と馬を借りに行きます」

「それを借りてどうするのですか」

「人質になりに、白乾国へ行ってきます」

自分に言い聞かせるように、熔雪はきっぱりと宣言する。

しかし、

「それは絶対に無理ですね」

中丞相が紅い唇の端を上げ、目の形を弓のようにしならせて言った。背筋がぞっとするような笑顔である。

もともと不気味だが、いつもの何倍も気味悪く感じた。

「な、なぜ無理だと？」

不気味さに気圧されながら問い返す。

「それは、あなたの後ろにいらっしゃるお方が許されないからです」

張り付いたような笑顔のまま答えた。

（うしろ？）

中丞相の不気味な表情は、実は笑顔ではなく強張っていたのだと、熔雪は振り向いてすぐに気づく。

「主上……どうして？」

額に青筋を走らせ、きつい視線をこちらに向けて綜劉が立っていた。かつて見たことのないほど恐ろしい表情をしている。

中丞相の態度が突然変わったのも、少し前から綜劉がいることに気づいていたからのようだ。

「なぜ犬房から出した？」

熔雪の頭を飛び越え、きつい口調で中丞相に問いかけた。

「すみません。主上をお助け出来ると丞犬が訴えるものですから、つい……出してしまいました」

　中丞相は膝をつき、頭を床に擦りつけて理由を述べる。

「頭が良すぎて丞犬などには向かぬのはわかっていたが、この中丞相さえも言いなりに動かしてしまったか」

　綜劉は机卓に載っている巻紙を手に取った。先ほど衛将軍から受け取りを拒否された戦法を書いたものである。

「主上、国境へ行かれたのでは？」

　額に青筋を走らせている綜劉へ恐る恐る問いかけた。

「国境へ行ったのは私の輿だけだ。ずっとここにいた」

　衛将軍の寝所で寝泊まりしていたという。寝所とはいえ将軍の使う中左殿は、庭や前殿のある大きくて立派なものだ。

「えっ？　でも、……皆が主上は国境だと……」

「敵を欺《あざむ》くためだ。丞相と衛将軍と、数人の殿士達しか知らない」

　そこの宦官でさえ騙していたという言葉に、今度は中丞相が額に青筋を走らせた。

「わ、わたくしにも嘘を……」

　ぷるぷると唇を震わせる。騙されたことが悔しいらしい。しかしながら相手は主上なので、膝をついたまま唇を噛み締めるしかない。

「主上。停戦おめでとうございます。わたしを白乾国へ人質として行かせてください」

巻紙を開いて読み始めた綜劉へ訴えた。

しかし、まるで聞こえていないかのように巻紙から目を上げず、綜劉は熔雪を無視している。

「停戦の条件を読みました。現在の我が国の状況を考えると、主上は白乾国の姫君を正妃にされて……っ！」

バシッと耳障りな音が軍師詰め所に響く。綜劉が中丞相の目の前に、熔雪の書いた巻紙を投げつけていた。

「私がいない間に躾を忘れてしまっているようだな。不在の間はおまえに任せるとしてあったのに、どういうことだ？　怠けていたのか？」

迫力のある低い声で中丞相を叱りつける。

「も、申し訳ございません」

綜劉の剣幕に圧倒され、中丞相は更に頭を床に擦りつけた。

「私が躾け直すから連れていけ」

厳しい口調で命令した。

7

後宮に戻された熔雪は、数人の宦官達から押さえられ、服を剥ぎ取られた。

全裸に網袋のみという情けない姿にされて、犬房の寝台に両腕を括りつけられる。

「これなら迂闊《うかつ》に逃げ出せないし、本来丞犬とはこの姿ですからね」

熔雪の姿を憎々しげに見て中丞相が言う。綜劉の不興《ふきょう》を買ってしまったのは熔雪のせいだと怒っているのだ。

「これを解いて武具と剣を持ってきてくれないか？」

寝台の横に立って自分を見下ろす中丞相に懇願する。

「まだ言っているのですか。あなたのおかげで、わたくしの出世に悪影響を及ぼしたというのに」

目を三角にして見下ろす。

「出世しても国がなくなったらどうしようもない。今ならまだ間に合うから、わたしを白乾国へ……」

「あなたを逃がしたら、国がなくなる前にわたくしの首がなくなります。ふん、もう騙されるものか」

中丞相は吐き捨てるように言うと、犬房から出ていった。

「待ってくれ！　せめてもう一度主上と話をさせてくれ！」

廊下に向かって大声で叫ぶ。

しかし、何度叫んでも中丞相も宦官も犬房には来てくれない。

（人質に行かないと、すぐに戦が再開されてしまう。節儀のこともなんとかしなくては）

和議は一両日中に承諾しろとあった。ここから白乾国まで、早馬でも一日半かかる。今出なくては間に合わない。

焦るけれど、拘束されていてはどうしようもない。暴れても、両腕を縛った太い紐がぎしぎしと音を立てるだけだ。

「中丞相！　頼む、戻ってきてくれ！　主上に話を！　お願いだ！」

叫べども返事はない。

犬房はしんっと静まり返っている。

時折どこかから鳥の声が響いてくるくらいだ。

時間ばかりが過ぎていく。

（もう……遅いか……）

熔雪は叫ぶのを諦めた。

日が落ちてきたらしい。ゆっくりとあたりが暗くなっていく。外から聞こえる鳥の声が虫の声に変わると、部屋が闇に沈んだ。


あまりに暗かったからか、いつの間にか眠ってしまったようだ。

「……っ、ん……」

息苦しくて、意識が戻る。

(なに……？)

顎を掴まれていた。唇に柔らかくて温かいものが触れていて、口の中にも濡れた何かが入っている。

涼やかな香りが鼻腔をくすぐり、口腔を探られるくすぐったさに背筋が震えた。

そこで、自分はくちづけを受けているのだと気づく。触れている唇も、自分の舌に絡まる濡れた肉厚の舌も、よく知っている。これは綜劉のものだ。

なぜ自分はこんな真っ暗なところで、濃いくちづけをされているのだろう。逃がさないとばかりに顎を掴まれ、貪るようにくちづけをされていた。

時折唾液を嚥下《えんげ》させられ、逆にすすられ、敏感な唇を擦り合わされる。

不思議に思うけれど、唇に受ける愛撫が気持ちいい。

「は……んん……」

吐息混じりの声を発し、思わず自分からも吸いついてしまう。

すると、熔雪の反応に気づいたのか、くすっと笑って顎から手が離れた。離れた手は熔雪の首筋を這い、鎖骨を撫でる。

くすぐったさにぴくっと身を捩った。

そこから、熔雪の右の乳首に手が下りてくると、

「あっ……ンンッ……」

刺激に鼻にかかった声を発してしまう。

そっと手のひらで転がすように乳首を擦られた。じんじんと伝わる快感に、はしたなくも身悶えする。

「おまえは女のようにここが感じるよな」

擦られて芯を持った乳首を、指で摘まれた。

びりっとした淫らな刺激と聞こえてきた綜劉の言葉で、熔雪は我に返る。

(今のは、夢ではなかったのか)

犬房に閉じ込められてから、何度かこんな夢を見ていた。だからこれもまた夢かもしれ

ないと、されるがままに流されていたのである。

「あぅっ……しゅ、主上……お話、が……」

くりくりと捩られ、堪らない熱にもぞもぞと悶えながら訴えた。

「黙れ」

だけど、言葉を奪うかのように再びくちづけられる。

「ん……んんっ……」

上からのしかかられ、今度は左の乳首を摘ままれた。左右同時に捩られると、どうしようもない疼きを伴った快感に襲われる。

息が苦しくなるほど口腔を貪られ、執拗に乳首を弄られた。頭の芯がぼうっとしてきて、やはりこれは夢なのではないかと思う。

唇が外れ、耳の下に移動していく。

「うぅっ……んっ」

首筋を舐められるとぞくぞくした。夢なら醒めず、このまま流されてしまえばいいと思ったけれど、

「あ、ああっ……うっ」

身体を巡る淫らな熱が次第に強くなっていくと、濡れた喘ぎ声が口から飛び出し、これは現実だと熔雪に思い知らせた。

「しゅ、主上……わたしの……話を、つうっ！」

言った途端、きゅっと強く乳首をつねられる。びっくりするほど強い痛みがそこから走り、背中が跳ねた。

「話すなと言ったはずだ。おまえは丞犬なのだから、質問されたことだけ答えろ。政のことは黙っていろ。もう、前のような特別扱いはしない」

低い声で言うと、熔雪の鎖骨に唇をつけた。

音を立てて強く吸われ、その刺激にびくっとする。

（特別扱いはしない……）

それは、寝所でひとつだけ許されていた政関係の質問のことだろうか。なぜそこまで厳しくされなくてはいけないのか……。

（節儀が白乾国の大将として攻めてきたから？）

それで熔雪の話などもう何も聞きたくない、という理由ならわからなくもないが、とても悲しいことではある。

綜劉の唇は熔雪の肌の上を移動し、時折吸い付いて痕をつけた。

「う……っ、は、しゅ、主上、おねがい……です」

「政の話は聞かぬと言っただろう」

ぴしゃりと言うと、今度は左の乳首に吸いついた。

「ひぃっ、あっ！　ち、ちがうっ、そうでは……、い、痛いのです！」

思わず大声を発してしまった。

「痛い？　もうつねってはいないぞ」

驚いたように顔を上げた。

「……ちがいます……下の、袋がきつくて」

羞恥を堪えて理由を告げる。

胸を刺激されたせいで勃起し、嵌められていた網袋の中で膨らんだ竿が締めつけられていた。

「ああこれか」

熔雪の股間に手を差し入れ、網袋の上から熔雪の竿をきゅっと握る。

その刺激にも反応して、いっそう膨らんだ。

「ううっ、や、痛い」

やめてくれと首を振る。

「外して欲しいか？」

耳元で囁くように訊かれた。

「ん、はい、おねが……い、です」

耳穴を吐息がくすぐり、びくっとしながらうなずく。

「待っていろ」

上から圧し掛かられていた重さが消え、衣ずれの音がする。

しばらくすると、ぼんやりとした細長い光が近づいてきた。

筒型の携帯型手提げ灯籠だ。すうっと寝台の足元まで来て光が止まる。宦官が捧げ持ってきたらしいが、黒い服を着ているので灯籠だけが浮遊してきたように見えた。

続いてシャラッという音と衣ずれの音が同時にする。鍵を持った綜劉が自分の寝所から戻ってきた。近くまで来ると、精悍な美貌が灯籠の灯りに浮かび上がる。

ぞくっとするような男の色気を放つ綜劉に、胸の鼓動が強く打つ。昼間はバタバタしていてそれどころではなかったが、落ち着いて彼と向き合うと、久しぶりに会えた嬉しさと喜びが込み上げてきたのを自覚した。

自分は綜劉に惹かれている。正妃や後宮妃に嫉妬してしまうほど好きで堪らない。だけど、自分は男で裏切り者の兄だ。丞犬にされて、自ら発言することさえ許されない。

寝台に仰向けで縛り付けられた熔雪の横に立ち、股間を覗き込む綜劉を、悲しい気持ちで見上げる。

「鍵を取りに行っている間に萎えたか」

少し膨らみが減って柔らかくなった網袋を、親指と中指で挟んで軽く上下に扱いた。

「あ……っ」

刺激に声が出て、網袋の中の竿がビクビクと震えながら硬くなる。

「これだけでまた元気になるとは、溜まっていたか？」

綜劉の問いかけに横を向いた。

「……ずっとここに……いたので」

小声で答える。

後宮にいる間は拘束帯を着けていなければならない。沐浴の際は外せるけれど、中丞相が見ているから洗う以外には出来ない。

「まあそうだな」

理由を察して笑うと、熔雪の頭の上に手を伸ばして寝台に括りつけてあった紐を解いた。

「起きろ、暗くて鎖の鍵穴が見えない」

万歳の状態だった腕が下げられる。手首の拘束も解かれてほっとしたが、ずっと縛られていて手に力が入らない。

「ありがとうございます」

綜劉の助けを借りて上半身を起こした。

「灯りに向かって脚を開け」

「あ、……はい……」

すごく恥ずかしい格好だが、竿をきつく拘束している網袋を外してもらうためには仕方がない。寝台に座り、灯籠の置かれている方向に向かって脚を広げた。

網袋いっぱいに竿が膨らんだ恥ずかしい状態の秘部が、灯りに照らされている。

「痛いか？」

熔雪の後ろから肩越しに股を覗き込みながら問われた。

「……はい」

羞恥を堪えながらうなずく。

「昼間もそのぐらい素直だと良かったんだが」

後ろから熔雪の胸に手を回し、乳首を摘まんだ。

「あ……やっ……」

鍵を外してくれるのだとばかり思っていたので、乳首を突然刺激されて戸惑う。

「ここを弄るだけで達ける身体になってしまったな」

「んっ、だめ、……そこは……」

赤く熟した実を弄られて、首を反らして喘ぐ。

「鍵……外して、くださると……」

切れ切れに訴える。

「これからはもっと素直になると誓え」

「……ん、あ、な、なります……なりますから」

もう放してくれと頼む。

「ではこれにも訊く」

胸にあった手を滑り落とし、腹部を撫で、その下にある竿を通り過ぎた。

「あっ！　そこはお許しを！」

後孔に指先が触れて、慌てて膝を閉じた。

「閉じたら鍵は外せないぞ」

「で、でも、そこは……」

竿を拘束されたまま弄られたら堪らない。

「まあ、閉じたままでも挿れる分には支障はないが」

後ろから熔雪の両膝裏に腕を差し入れ、ぐいっと引き寄せた。爪先が揃って天井を向き、後孔が露わになる。

「主上、なにを……なさ、んぐっ」

綜劉の指を口の中に入れられた。膝裏を抱えられている上に、腕がまだ痺れているせいで逃げられない。

「舐めろ」

指は熔雪の口腔を動き回り、命じられなくても舐めさせられてしまう。

「ふ、ぐぅ……んっ」

口の端から涎が出てしまうほどかき混ぜられる。

「これでいいか」

唾液で濡れ光った指を確認すると、後ろの蕾に向かわせた。

「だ、駄目、そこは……っ、あ、あぁっ」

拒否する暇もなく、後孔の襞を開いて指が侵入した。

「ん、うぅう、中は、許し……てくだ……はぁ、うっ」

自分の唾液の滑りを借りて、太い指がずるずると後孔に挿入されていく。

綜劉の熱棒で何度も犯され、快感を覚え込まされているそこは、指の侵入を歓迎するかのように収縮する。

激しい快感が伝わってきて、竿を縛める網の痛みが倍増した。

「ここに指を挿れられただけで悶え死にそうになるくせに」

嫌味の言葉をぶつけられる。

「は、あっ、でも……ひあぁっ、う、動かしてはっ」

強い快感に思わず足をばたつかせて暴れた。しかし、綜劉の左腕でがっしりと両膝裏を抱えられ、後ろから強く抱き締められているために逃げられない。

「尻に指を挿れられただけで騒ぐな」

意地悪く言うと、挿れた指を抜き挿しする。

「う……うぅっ、んっ、くぅっ、おねが……ぃ、です、ゆる……あ、ひぃ、なか、擦らな……熱いっ、痛いぃぃ」

痛みと快感が同時に襲ってきて、おかしくなってしまいそうだった。どうしてここまで綜劉が自分を苦しめるのか、理解出来なかったが、

「自分を人質にしろなどと、二度と言うなよ」

快楽と苦しみの狭間で悶える熔雪の耳に、不思議とこの言葉がはっきりと聞こえた。

熔雪が人質に志願したことについて怒っているようだ。それでこんなにも意地悪く淫らな攻めをされているのである。

しかし、自分が人質になることは今のこの国にとって一番いいはずだ。和議を行うことで時間を稼げるし、信用のならない東家の人間を放出出来る。

熔雪にとっても、人質として差し出されて和睦が叶えば、東家の名誉回復に少しでも貢献出来るというものだ。

「でも……わたしが人質に行けば……戦を……終わらせられ、あぁっ、や、抜き挿し、しないでくださ……っ」

後孔に挿れられた指が抽挿を速めて、大きくのけ反る。

「なぜそうも頑固なのだ」

「はぁ、そ、それで、和睦に……なると……」

「まだ言うか」

中の感じる場所をぐりっと強く擦られた。

「あっ！　うっく！　やあっ！」

刺激に腰が跳ね、網袋の中の竿が悲鳴を上げる。

「おまえはここで、ここに私を挿れられることだけ考えていろ」

わからせるように音を立てて抜き挿しを繰り返す。

熱い快感が波のように襲ってきて、熔雪の身体は断続的に痙攣した。

「あ、あぁっ……い、痛い……」

痛くて、そして気持ちがいい。どちらも同じ強さで熔雪を苛む。

「わかったと言え」

「でも……」

首を振ると、後ろから深いため息が聞こえ、挿入していた指が出ていった。ほっとしたのは一瞬で、膝裏から腕が抜かれ、強く背中を押されて前に倒される。

「うっ！」

目の前に灯籠があった。寝台の上に俯せにされ、はずみで上がった腰を大きな手で掴まれている。

（まさかっ！）

と思った時には、後ろの蕾に熱を帯びた肉の先端が押し付けられていた。

「ひいっ、主上！　それだけはお許しをっ！」

悲壮感のこもった悲鳴に近い声を上げる。

今でも気を失いそうに辛いのに、綜劉の熱棒で犯されたら達ってしまうだろう。拘束帯のせいで熔雪の竿は半分も勃起出来ていない状態だ。それなのに絶頂に達したら……。死んでしまうかもしれないと思った。

(でも……)

自分が生きていたら戦は終わらない。弟は執拗にしかけてくるだろう。

これで死ぬことはなくても、この苦しさに耐えれば主上も自分の決心を理解し、人質に出してくれるかもしれない。

そう結論づけたが……。

「これでもまだ、私の言うことが聞けぬか」

ぐいっと腰を進められ、後孔いっぱいに熱棒を頬張らされた。久しぶりだからか、いつもより太く感じる。

「くぅうっ、しゅ、主上……ッ！」

「中が狭い。しばらく挿れていなかったからか……」

熔雪の孔を点検するような動きで腰を使ってくる。

「ふ、うぅっ、ゆる、し、あぁぁっ」

何日も吐精することを許されなかった身体は、中を探りながら刺激してくる熱棒にすぐさま反応した。

「しばらく馴染ませないと駄目だな」

徐々に抜き挿しの幅を増やしながらつぶやいた。熔雪の身体は、あっという間に頂点へと駆け上がる。

「ひぃ、——達ってしまっ……」

ガクガクと腰を揺らしながら訴えた。

「まだ挿れたばかりだ。もう少し愉しませろ」

非情な命令をして腰を打ちつける。

「む、無理で……っ!」

丞犬用の寝台の上で、熔雪は全身を激しく痙攣させた。

目の前が真っ赤な光の点滅になる。

下腹部に激しい痛みと快感が同時に走った。

「はっ、うぅぅうっ、あっ……くっ、ううっ!」

前を拘束したまま絶頂は、想像を絶する苦しさがあった。

「あぁ——……っ!」

絶叫したつもりだったけれど、その声は意識の底に一緒に吸い込まれていった。

ほんの少しなのかとても長かったのか、気を失っている間はわからない。

けれど、それほど長くなかったのではないかというのは、目の前に筒型の灯籠が見えてわかる。

(中にまだ……)

俯せで、腰だけ高く上げた熔雪の後孔に、綜劉の熱棒がしっかり挿入されたままだ。中に放たれた彼の露が溢れていて、たらたらと熔雪の内腿を伝っている。

ひくんひくんと身体が痙攣し続けていて、そのたびに痛みと苦しみが下腹部から発生する。

「困った奴だ」

苦笑する綜劉の声が後ろからした。

「も……ゆる……っ!」

許しを請う言葉の途中で、ぐいっと腰を後ろに引かれる。寝台についていた手が離れ、腰が下に落ちた。

「ぐっ、うっ！」

ずんっという衝撃とともに、綜劉の上に後ろ向きで座らされる。硬さを失わない熱棒が、熔雪の後孔を深く貫いた。

苦しさに首をのけ反らせて呻くと、

「酷い色になったな」

笑いを含んだ声が耳元でする。

熔雪の竿は、網袋の中で赤黒く変色している。パンパンに膨らんでいるために網目からはみ出ていて、見るからに痛々しい。

「胸は可愛い色だが、ここはまるで腐りかけの柘榴《ざくろ》のようになった」

指先でつつく。

それだけの刺激で網袋に拘束された竿が激しく上下する。

吐精出来ずに絶頂を迎えた身体も、奇妙な痙攣を繰り返していた。

「ううぅっ、もう、お許しを……」

頭と下腹部がずきずきする。

「私の丞犬としてここで大人しくしていると誓うなら、すぐに許してやる」

先ほどと同じ内容を口にした。

「それは……」

「まだ駄目か。あと二、三回必要だな」

素直に受け入れない熔雪に呆れながら、先端から根元へと、竿の肉と網目を指先でなぞる。

「くっ、つぅっ！　そんなの……無理です」

首を振って訴える。

「無理ではないことは以前教えたであろう」

前回満足するまでと、気を失うほどされた。

「そうではなくて、つっ、も、そこ、弄らないで……ください」

竿を握った手を放してくれと懇願する。

「達ってしばらくすると柔らかくなるのに、出させないといつまでも硬いな」

楽しそうに握ったり開いたりを繰り返した。

「は、ふぅっ、や、あぁっ」

艶やかな黒髪を振り乱して喘ぐ。

「中がまた締まってきた」

感じてきたなと擦られ、激痛と快感が再びやってくる。

「お、お願いですから、外して……も、辛いです」

目を閉じて懇願した。死ぬほどの苦しさに耐えればわかってもらえると思ったのに、もう耐え切れそうにない。

熔雪の目尻から、ぽたりと涙が流れ落ちる。

「泣いているのか？」

竿を弄っている綜劉の腕に涙が落ち、びくっとするように手を離した。

「な、泣いてなど……」

訊かれた途端、どっと涙が溢れてきた。

「泣くほど私が嫌いか……」

「違い、ま……泣いて、ないです」

しゃくり上げながら首を振るが、どこから見ても泣いている。しかも、しゃくり上げるごとに、後孔に挿れられている綜劉の熱棒に反応し、淫らな熱に苦しめられた。

（もう……本当に死んでしまいたい……）

恥ずかしさと悲しさで嗚咽が漏れる。

「ふっ。うっ。うぅっ、ひっく。んっ」

泣いているのか喘いでいるのかわからない状態だ。だけどそこで、カチャっという音が耳に届く。続いてシャラという鎖の音もした。

見開いた熔雪の目に、網袋が外されていくのが映る。涙で歪んでいるけれど、網目が付いた痛々しい竿が、拘束から解放されたのがわかった。

「……あ……」

縛めを解かれた竿が、上を向いて太く長くなっていく。

「力ずくでは手に入らぬものだな」

勃起する様子を眺めてため息をついた。

「泣くほど私を嫌っているのなら、おまえのことは諦めよう。だが、人質には出さぬ」

綜劉の言葉に驚いて振り向く。

「主上を嫌ってなどいません！　でも人質には出してください」

肩越しに訴えた。

「人質に拘るのは、ここから出ていきたいからだろう。それは嫌いだという意思表示だ」

わかっているぞと睨まれる。

「ち、ちがいま……っ！」

声を出そうとして下腹部に力を入れた途端、ずくっと中の熱棒に感じてしまった。

「ううっ……」

何もしていないのに激しい快感に襲われる。思わず竿を握り締めたら、達きそうな熱がぶわっと広がった。

(だ、だめだっ！)

まだ話の途中なのだからと、ぎゅっと強く竿を握り締める。

「あうぅっ！」

先端の穴からじわっと露が溢れ出た。先走りよりもずっと多い量で、たらたらと流れ落ちる。握った刺激と垂れてくる露に反応し、びくびくと痙攣した。

「先に出した方がいいようだな」

後ろから呆れ声が届く。

「でもまだ、お話が……」

「その状態では話など出来ないだろう。おまえの身体は快楽に弱すぎる。まあ、それを利用して、私に縛りつけようと思っていたが……」

竿を握る熔雪の手の上から、綜劉が大きな手で包み込む。

「泣かれて目が醒めた。身体を悦ばせても心を泣かせるようでは、おまえを私のものに出来たとは言えない」

熔雪の腰を持ち上げ、ずるっと熱棒を半分ほど抜いた。

「はっ……あっ、うぅ……」

「今は何も考えず、感じていろ！」

言いながら下ろされる。

ぐちゅっという水音とともに、強い快感が背筋を走った。

「あぁ、す、ごい……っ」

この快感を我慢して話を続けるのは、もはや不可能である。

「今のように自分で動いてみろ」

綜劉の腰を後ろ向きに膝立ちで跨ぐ形にされた。

「は……い……、んっ、あぁっ」

命じられた通り腰を持ち上げると、熱棒が抜ける感覚にぞくぞくする。全部抜ける前に腰を下ろすと中を強く刺激された。

「あぁ、お、奥まで……熱い……っ」

抜け出る時も気持ちがいいが、腰を下ろすと奥のいい所を突かれて、熱くて熔けそうな快感が全身に伝わった。

繰り返すと、更に強く感じる。

綜劉の寝所で毎晩のように交わったが、自分から動くというのは初めてだった。

初めは恐る恐る、といった感じで上下していた腰の動きが、次第に速くなる。

「初めてにしてはうまいな。おまえはこんなところも優秀だ」

熔雪の腰に手を添えていた綜劉から、褒め言葉が発せられた。

「あ、ありがとう……ございま……っ」

後ろ向きで顔を合わせていないからか、大胆に動いていた。

「はぁ、いい、奥が、熱くて……熔け……っ」

髪を振り乱して悶える。

「ああ、私も絞られるように締めつけられて、いいぞ」

熔雪の動きに合わせて下から突き上げてきた。

「くっ、す、すごい」

強い快感が全身を巡る。

「も、もう、い、達って……しまい、そうです」

もっと楽しみたかったのだけれど、身体が限界だった。

「我慢しなくていいぞ」

達けとばかりに強く突き上げられる。

「しゅ、主上……で、出……ぅ……っ！」

網目のついた熔雪の竿から、勢いよく露が飛び出した。

白濁したそれは、我慢を重ねた証拠のようにとても熱くて濃かった。

8

はあはあと息を乱しながら、熔雪は綜劉の身体の上から下りようとした。

「とりあえず落ち着いただろう？　話の続きをしよう」

腰を回してこちらを向かされる。

「は、あぅぅっ、そんなっ」

貫かれたまま回されたので、刺激に反応して残滓が漏れ出た。お互いの間にある熔雪の竿がはしたなく痙攣し、露を漏らしている。

(うう……っ！)

恥ずかしくて顔を赤らめた。

すると、伸びてきた腕に抱き締められる。綜劉は夜着の前をはだけていて、筋肉質の胸に顔を埋めさせられた。

「なぜそうも人質になりたがる？　白乾国へ行きたいからか？」

今までとは違う、とても優しい声で問われた。

「行きたいというわけではありません」

「正直に言ってみろ。私の元から離れたいだけなら、国内の好きな所に屋敷を建ててやるから、そこにいろ。おまえの弟のことがあるから、官吏などには登用出来ないが、それなりの暮らしは立つようにしてやろう」

東家の名前は残せないが、召使い達は呼び寄せて不自由なくしてやるぞ、とまで言われる。

「わたしはそのようなことは望んでいません！」

びっくりして顔を上げる。

「では弟の元へ行きたいのか？　……いい意味で歓迎はされないぞ」

言いにくそうに告げた。

「わかっています。人質として白乾国へ行ったら、わたしは処刑されるでしょう。でも、ここにいたら節儀は、再び戦をしかけてきます。軍司馬を更迭した旺璃国の軍備が整うまでの間隙を狙って……。ですから、それを防ぐためと、……出来ればこの手で節儀に謀叛の責任を取らせたいと思っています」

「責任とは、弟に剣を向けるつもりか」

「ええ……」

熔雪は鋭い視線ですっと横を向いた。弟を殺しに行く自分の顔を、綜劉に見られたくないと思った。しかし、綜劉に顎を掴まれ、強引に戻される。

「本当に白乾国と弟の攻撃を阻止するためだけに、人質になりたいのか」

「それ以外に何か目的がありますか」

「……いや……それを聞いて少し安堵した」

「安堵？」

「どのような理由があっても、血の繋がった弟が投獄されるということは、気分のいいものではないからな。どう告げるか苦慮《くりょ》していた」

鋭い視線を向けて告げられる。

「節儀が……投獄？」

敵方の大将で、優勢で、しかも停戦しているのにどうして投獄されるのだろう。怪訝な目を向けると、綜劉は熔雪の視線から逃れるように目を伏せた。

「おそらく今頃は、おまえの弟は捕まっている。私の兄と一緒に牢獄に入れられているだろう」

「何故……ですか？」

今は停戦で国境の向こうに退いているはずだ。

「白乾国は戦に負けたからだ」

硬い表情のまま答えた。

「負けた？　停戦では？　和議も持ちかけられていたのに、なぜ？」

信じられないと目を丸くする。

「和議を持ちかけてきたのは、白乾国が他の国に攻め込まれたからだ。我が国を攻めている余裕がなくなったから、有利に撤退しようとしただけであろうよ」

「そうなのですか」

「だが、撤退して国に戻った時にはすべて終わっている。白乾国は朱巽国に占領され、私の兄とおまえの弟は今頃捕らえられているはずだ」

「朱巽国に……！」

「軍司馬を更迭したら、白乾国がすぐに攻めてくるのはわかっていた。それで我が国と同じ立場の朱巽国と密かに同盟を結び、こちらに攻め入ったら手薄となった白乾国へ逆側から攻め込むように依頼したのだ」

（あ、あの時の！）

綜劉の言葉に、以前商人が親書を持ってきたことを思い出す。

「戦の前線に私が出ている振りをし、形勢も不利な状況に見せかけて、ぐずぐずと戦いを続けた。思惑通り、向こうは王を討てると躍起《やっき》になり、どんどん兵を増やして国境を越えてきた」

そうして深追いしていく間に、本国が後ろから朱巽国に攻め落とされた、ということらしい。

「白乾国が落とされていたのなら、わたしが人質になる必要はまったくなかったのですね」

「人質になってもなんの役にも立たなかったな」

(役立たず……)

愕然とする。先ほどのとんでもない苦しみは、味わうだけ無駄だったのだ。

「そのような作戦だとは、知らされておりませんでしたから」

「情報は出来るだけ漏らしたくなかった」

「わたしは裏切り者の兄で……信用がないからですよね……」

そんな人間に重要な戦略を教えるわけがない。自分の立場を思い知るとともに、だからこそ少しでも役に立ちたくて、人質に拘ったのだと俯く。

「おまえのことは信用したかったが……裏切られる不安は確かに強かった」

眉間に皺を寄せ、つぶやくように綜劉が答えた。今までずっと見せていた傲岸不遜《ごうがんふそん》とも取れる態度とは違い、少し気弱に感じられる。

「わたしは人質にはなりますが、裏切ったりしません。主上と国のためならどのようなことでもいたします」

きっぱりと告げた熔雪に、綜劉は片眉を上げて睨んだ。

「そうして危険を顧《かえり》みず、怪我を負ったり命を落としたり、人質になろうとしたり、おまえは私の命令に背いて危険な方へ行こうとする。それも裏切りだ」

「え……？」

それが裏切りなるのかと目を丸くする。

「だからおまえを政に参加させたくなかった。しかし、おまえを完全に閉じ込めておくわけにもいかないし、誰よりも有能なこの頭脳を使いたくなる誘惑にも勝てなかった」

それで丞犬として控えさせ、ひとつだけ意見を言わせることにしたのだと告げられた。

「だが、もし信用があっても、作戦のことはやはりおまえには言えなかっただろう」

「まだ何かあるのですか」

「ある」

熔雪の後頭部を撫でていた手に力を込め、自分の肩に顔を押し付けた。

「実は、兄とおまえの弟を必ず捕らえてくれと朱巽国に依頼した際に……どのような形でもいい、二人の生死は問わぬと付け加えてある」

(生死は問わない)

殺してでも捕らえろということだ。

「どんなに覚悟をしていたとしても、自分の身内が殺されるのは嫌なものだ。おまえと私は同じ立場だからな、辛い思いをするのがわかるからこそ、知らせたくなかった」

だから白乾国が攻めてきたことも作戦のことも、すべて隠して後宮に閉じ込めておいたのだと告白された。

「主上も同じお気持ちなら、わたしはわかり合いたかったです」

「そういう方法もあったが、幼き日の算術で惨めな思いをしてからずっと、おまえに情けないところは見せないと決めていた」

「あれから？」

「予学師がおまえにゆっくり解答しろと命じているのを陰で聞いていた。私の人生の中で、最高で最大に惨めだったからな」

額に青筋を走らせている。本当に悔しかったようだ。

「だが、意地を張るよりこうしてわかり合うのも悪くない」

熔雪の頭を抱えて頬に当て、愛おしげに背中を撫でている。まるで猫を可愛がるような仕草だ。

「実はもうひとつ、言えなかった理由がある」

笑みを含んだ声で言う。

「なんですか」

びくっとして訊き返す。何か恐ろしげな理由がありそうな気がした。

「あの計画を中丞相にも知られたくなかった」

「まさか中丞相は間諜《スパイ》ですか」

綜劉の胸に手をつき、顔を上げて質問する。

「いや、そうではない。……あれは、守銭奴なのだ」

うんざりした顔で答えた。

「しゅせんど？」

眉を寄せて問い返す。

「金と出世に目がない。極秘事項を知ったら何を要求されるか……。まあ、頭がいいわりに単純だから、使いやすい宦官ではあるが」

答えて苦笑を浮かべた。

「では、今回の事を知ったら怒りますね」

当たり散らされる他の宦官を気の毒に思う。

「後宮妃のためという名目で、高価な物品を請求されるかもしれぬが、後宮維持のための必要経費だな。あれがいないと宦官達の仕事の効率が下がる」

後宮妃という言葉を聞いて熔雪ははっとする。

「あ、あの、正妃はどうなさるのですか」

「正妃？」

自分が人質となり、入れ替わりに白乾国の姫君を正妃に迎えるのが最善だと思っていた。

「同盟を結んだ朱巽国から、姫君を娶るのですか」

「朱巽国に姫はいないし、正妃など貰うつもりはない」

「後宮に正妃用御殿を建てていらっしゃるのですよね？　中丞相から聞きました」

「ああ、あれはおまえ用だ」

不可解な言葉が熔雪の耳に届いた。

「今、なんて？」

首をかしげて訊き返す。すると、今まで浮かべていた笑顔を消し、ひどく真面目な表情で熔雪の顔を見つめた。

「先ほど告げた通り、私はおまえに危険なことをさせたくない。なぜなら、誰よりもおまえのことが大切だからだ」

静かな声で告白される。

「あの……」

ぽかんとして綜劉を見上げた。

携帯用の筒型灯籠は暗いのではっきりしないが、綜劉の顔が赤いような気がする。

「もちろん子どもの頃は、遊び相手として気に入っていたが……。衛将軍の下で働くようになったおまえを見ていたら、いつの間にか目が離せなくなった」

見上げる熔雪の視線を避けるかのように、頭を抱き寄せる。

「あの戦の最後に砦の本陣へ行ったのは、おまえに会いたかったのと、心配だったからだ。

そして、目の前で矢傷に倒れたのを見た時、二度と戦場に出さず私の側に置こうと心に決めた」

「それで丞犬に?」

「弟の裏切りがなければ、御史大夫にして近くにいさせるつもりだった。まあ、私にとっては丞犬にした方が戦場に出さずに済んだし、こうして可愛がれたから結果的に良かったのだが」

(それって……)

熔雪にとって物凄く嬉しい告白をされていると思う。しかし、手放しで喜べる話ではない。

「主上、わたしは正妃にはなれません。女性の正妃を娶って皇子を儲けなければ、世継ぎ問題が起きます」

綜劉を見上げ、真剣な眼差しを向ける。

「そのこともあって、白乾国へ人質として赴こうとわたしは思ったのです。主上が白乾国の姫君を娶れば、攻め込まれる心配もなくなります」

「白乾国に攻め込む力はもうない」

「でも、早く正妃を娶って一番に皇子様を産んでいただかなくては、国はいつまでも不安定なままです」

そこまで言うと、額を綜劉の胸につけた。

「わたしは……どんなに主上のことが好きでも、皇子を産むことは叶いません」

自分の中に受ける精は無駄になってしまうのだと悲しく思う。

「私のことが好きだと？」

胸に額を押しつけている熔雪の両肩を掴み、顔を見せろと離される。

「今の言葉は信じられぬな」

睨みながら言われた。

「どうしてですか」

疑いの言葉を聞いて、むっとして見返す。

「おまえは私の元から逃げることばかり言うではないか。今も正妃を娶って自分は人質に行くなどと言う」

「逃げようとしているわけではありません。ただ……主上が他の女性を抱くことを考えたら、みっともなく嫉妬に狂いそうな自分が嫌なんです」

頬を紅潮させて答えた。

「おまえが嫉妬？」

信じられないとつぶやく。

「しますよ。こ、こんなふうに、正妃を抱くのかなどと考えただけで、苦しくて……だから、主上が正妃を娶る前にここから去りたかったのです」

言った途端、熔雪の中にある綜劉の熱棒が、ぐっと太くなった。

「な、なに？」

挿れられたままだったのを思い出す。

「いや、ずっと我慢していたのだが、今のでやられた」

驚く熔雪を寝台に押し倒した。

「しゅ、主上！　わっ！」

「本当に私が好きなのなら、大人しくしていろ」

熔雪の両膝を抱えて身体を折り曲げる。

「好きですけど、でも、今日はもう……」

先ほどの荒淫で精根尽き果てるほど絞り取られていた。しかし、自分の上に圧し掛かってきた美丈夫は、精力がたっぷり残っているらしい。

「戦の間、ずっと禁欲していたのだ。一度や二度では収まらぬ」

（そうだった……）

綜劉の並外れた精力の強さを思い出す。

「今回の戦は楽なものだったが、おまえを抱けなかったのがきつかったな」

上を向いた後孔に、半分抜けていた熱棒を突き挿す。

「ひ……うっ」

熱い肉が狭い孔の奥を押し開く。最奥を突かれると、かあっと中が熱くなった。

「中が私に絡みついてくる」

軽く抜かれたら、先ほど中に放たれた露が孔から溢れ出て、尻を伝って滴り落ちる。

「あ、はぁ……」

再び挿れられると、ぐちゅっという淫靡な水音が上がった。それを聞いただけで背筋が震え、萎えていた熔雪の竿に血液が戻っていく。

「おまえもまだ足りぬようだな。もうこんなに硬くなってきた」

嬉しそうに熔雪の竿を握る。先ほどの射精で萎えていたのに、くびれがくっきりとわかるほど勃起していた。

「ここすらも可愛い」

くびれを指先で擦る。

「く、ふぅっ」

感じてピクピクとはしたなく竿が揺れた。

「不思議だな。どの後宮妃の身体より、おまえの身体にそそられる」

まだ網目が残る竿の先端に触れ、穴から根元へとなぞり下ろした。

「あ、あぁっ！」

淫らな刺激にのけ反る。

「ここも、見ているだけで興奮する」

綜劉の熱棒を咥え込まされている後孔の襞を、指先でぐるりとなぞった。

「や……それは、は、恥ずかしい……です」

いくら好きな相手とはいえ、限界まで伸ばされている秘所を見られた上に、わからせるように触れられるのは堪らない。

「おまえがここから出すのを見るのも興奮するが……」

ちょんっと熔雪の竿先をつついた。

「あっ、く……」

刺激に肩が持ち上がる。

「なんといってもこの中に出すのが一番だな」

ぐっと腰を進めた。

「はっあぁっ！　で、ですが……それでは」

世継ぎが出来ないではありませんかと喘ぎながら訴える。

「その話はもういい」

やめろと言わんばかりに突き挿れられた。

「あ、でも、んんんっ」

抗議の言葉を発しようとした熔雪の唇が、綜劉の唇で塞がれる。声は相手の口腔に呑み込まれ、代わりに熱い舌が侵入してきた。

「ん……んんっ」

歯列をなぞられ、口を吸われると、後孔の奥に淫らな熱が発生する。口腔と股間が快感の線で繋がっているかのようだ。

「おまえは唇も美味しい」

唇を離すと満足そうに笑顔を浮かべる。

「美味かった褒美に、正妃の話を明日してやろう」

（えっ？）

くちづけでぼうっとなった熔雪の目に、笑みを浮かべた美貌が映った。

「質問に答えるのは一日ひとつだからな」

「あ……」

「まあそれは冗談だ。ここでする話ではないし、段取りもある。わかるな？」

「はい。わかりました」

綜劉はちゃんと正妃のことを考えていたのである。

ほっとするけれど、やはり正妃を娶るのだと思うと心の奥に冷たいものを感じた。自分から主上に正妃を娶れと進言していたのに、現実となると苦しさを覚える。

（わたしはなんて勝手な……）

自分を叱責する。

主上から誰よりも大切だと告げられ、こうして腕の中にいられるのだ。それだけで幸せだし、これ以上は望めないのはわかっている。

「しゅ、主上……」

身体に穿たれた熱棒が動き始めると、熔雪は綜劉にしがみついた。この幸せは永遠には続かない。

（それならば、今だけでも思いきり溺れてしまおう）

快感の頂点へと昇りながら思った。

「あっあぁぁっ！」

激しくて痺れるような快感が全身に広がっていく。

力強い腕に抱き締められ、熔雪は快楽の底へと強引に引きずり込まれていった。

9

建設中の正妃用宮殿は、優美な曲線を持つ屋根と淡い色の石壁で造られている。屋根は初夏の日差しを反射して輝き、御殿の庭に造られた池も、同じくキラキラと輝いていた。

「なかなかの建物だろう」

土を盛った築山《つきやま》の上に立ち、腕を組んで見下ろす綜劉が自慢げに言う。

「ええ。本当に美しい建物ですね」

隣に立つ熔雪は眩しげに目を細めた。後宮の敷地の最奥に建設されている宮殿は、広い外回廊を持ち、美しい孔雀石《くじゃくいし》の柱が立ち並ぶ。

走廊《縁側》を囲む手すりは白い大理石で、支柱には果物や花が彫られている。華やかでとても女性的な雰囲気があった。

「建物の外側は完成いたしました。現在は内装や庭の造園が主な工事になっております」

後ろにいる中丞相が、日除けの傘を二人に差しかけながら説明する。三人の後方の少し離れたところに、十数人の宦官が手拭いや菓子など持って並んでいた。

主上が丞犬を伴って後宮の庭を散歩している、という図式だ。

「とても立派な建物ですが、いつから建設を？」

振り向いて中丞相に質問した。

「二ヵ月ほどです」

少しばつの悪そうな表情で答える。

「二ヵ月で完成させると豪語していたが、間に合わなかったな」

綜劉が皮肉っぽい口調で言う。

「それは……白乾国が攻めてきたせいで物資の値段が上がったのです。でも、これからは大丈夫です。修正した日程通り、そして予算通りに完成させます」

自信に溢れた顔で言う。

「そうだな。でないと報酬がどんどん減ることになる」

「報酬が減る？」

綜劉を見上げると、笑いを堪えた顔で建設現場を見下ろしていた。

「中丞相は正妃用御殿の建設責任者だ。予定通りに完成出来たら、特別報酬が支払われる約束だ」

守銭奴と言われているだけあって、目の前に特別な報酬をぶら下げると素晴らしい働きをするのだ。

「主上、報酬はそれだけではございませんよね？」

中丞相が慌てたように後ろから訴える。二人用の日傘が重いのか、腕が震えていた。他の宦官に持たせればいいのに、自分が持つと断固主張して、皆を後ろに下がらせたのである。

「後宮大夫の件か？」

ちらりと横目で中丞相を見た。

「左様にございます」

「中丞相が後宮大夫になるのですか？」

二人のやり取りに驚いて疑問を投げかける。

後宮の最高責任者であるが、宦官がなれる役職ではない。それを例外で認めさせようとしているのだ。

「後宮大夫になるには、正妃の推薦がいる。まずは小熔に気に入られるようにしないとな」

くすくすと綜劉が笑う。

(わたしに？)

中丞相も綜劉から、熔雪を正妃にするという冗談を聞かされているのだろうか。たぶんそうだろう。だから何かと他の宦官を退け、中丞相が熔雪の世話を独占するのだ。

「承知いたしております。どの者よりも手厚く熔雪様にお仕えいたします」

恭しく頭を下げる。傘を持ったままので、目の前に被さってきた。

「おっと！」

傘の縁に当たりそうになった熔雪をすっと抱き寄せる。目の前に綜劉の立派な朝袍《ちょうほう》が迫ってきた。

「主上っ！　大丈夫ですから」

女性にするような気遣いをされ、慌てて離れる。

「申し訳ございません」

中丞相が慌てて傘を持ち上げて謝罪した。それを無視して、

「なぜ離れる？」

先ほどよりも離れてしまった熔雪に不満の目を向けた。

「あの、ここは犬房でも主上の御寝所でもございません。建設現場には、大勢の人足がおりますし……」

貴妃にするようなことを男の自分にしているのを見られたら、綜劉の評判に関わると小声で訴えた。

後ろにいる宦官達は綜劉と熔雪の関係を知らぬ者はいないが、後宮の外は違う。

「そのような小さなことを気にするな。戦では大胆なのに、案外小心者だな」

呆れ顔で見下される。

「……ですが……」

「それでは今度から、小熔は妃の服でも着るか？　ああ、それもいいかもしれないな。新しい正妃用の宮殿に、丞犬の長袍は似合わない」

にやりと笑って熔雪の上から足まで眺める。

「正妃用宮殿に？」

「あそこにはおまえが入るのだからな」

「あ、あれは、御冗談だったのでは？」

正妃のことはちゃんと考えていると言っていたはずだ。

「中丞相、聞いていたな？」

熔雪の言葉を無視して、綜劉は肩越しに振り向いて問う。

「はい。正妃様のお召し物を早急に仕立てさせます」

元気良く返事をする。

「主上！　それはっ」

困りますと必死に訴えたが、

「少し疲れた。向こうで休むから茶の用意をしろ」

熔雪の手を引き、築山の中腹にある東屋《あずまや》へ足を向けた。

八角形の東屋にお茶やお菓子を用意すると、宦官達は離れた場所に待機するよう綜劉から指示される。中丞相は妃の服を手配いたしますと行ってしまった。

「主上！　わたしは女性の服など」

隣に座らされた熔雪は再び抗議する。

「女性の服ではない、正妃の服だ。おまえなら似合うよ」

棗《なつめ》を口に放り込んだ。

「わたしは正妃にはなれません。どうか、真面目に考えてください。後継ぎを産める方を正妃に……」

手を握り締めて訴える。

「昨日、私が正妃を抱くのが嫌だと言わなかったか？」

横目で熔雪の顔を見た。

「い、言いましたけれど、でも、それでは御世継ぎが出来ないので、娶ってくださいと……」

握り締めた手に、綜劉の大きな手が被さってくる。この東屋は座ると肩の高さまで囲いがあるから、外から見える心配はないが、外での触れ合いに緊張した。

「世継ぎは産まれる。少なくとも三人」

「……それは……もしかして、後宮妃様方に？」

懐妊したのかと目を見開いた熔雪に、綜劉がそうだとうなずく。

「おまえが丞犬になる前に、毎晩頑張った成果だな」

「お、おめでとうございます」

祝辞を述べるけれど、複雑な気分だ。わかっていても後宮妃を抱く綜劉を思うと、心が穏やかではない。それに、正妃の子ではないのだ。

「……争いが起きなければいいのですが……」

どうしても心配になる。

「それは大丈夫だ。正妃のおまえからは子どもは産まれない」

「主上！」

「あれが完成したら、おまえの宮殿になる。丞犬房とはお別れだ」

「本当にわたしを正妃にするおつもりで？」

「正直に言えば、小熔が丞犬になった日までは正妃を娶るつもりはなかった。後宮妃の産んだ中から優秀な皇子を世継ぎにすればいいと、それだけを思っていた」

掴んでいた熔雪の手を弄びながら告白する。

「私は正妃の子であるが、後宮妃の子である兄よりも国を統べる能力があると思う。もし私が後宮妃の子で世継ぎの資格がなかったとしても、この国の王になっただろう。兄と同じように謀叛を起こして、そして勝利していたはずだ」

自信たっぷりに言う。確かに綜劉にはそういった支配者然とした能力がある。

「正妃の子、正妻の子、ということに拘る跡継ぎ制度は、国や家を弱くする。今後は小熔のように、正妻の子でなくとも能力のある者が、王位や家を継げるように制度を改正するつもりだ」

しかし、すぐに制度を変えるのは無理だ。時間がかかる。その間に世継ぎ問題でいざこざを起こしたくないので、正妃は取らないことにしていたという。

「だが、小熔を抱いた時、子どもの出来ない架空の正妃なら問題はない。そして正妃を迎えれば、諸外国から毎日のように来る正妃の打診もなくなることに気づいた」

ぎゅっと熔雪の手を握り、真剣な眼差しで見つめられる。

「そ……れで、ですか……」

自分は架空の正妃の役割を負ったのだ。

「まあ、それは表向きで……」

握っていた手を放すと、熔雪の頬に手を当てる。

「おまえが丞犬になった二日目に、我慢がならなくて抱いてしまったら、もう他の女に触れる気がしなくなった。私の正妃は小熔しかいない」

蕩けそうなほど甘い言葉が発せられた。

「主……上……」

熔雪の顔に、精悍な美貌が近づいてくる。

「ん……」

形の良い唇が熔雪の唇に重ねられた。

「……ん、ふっ……」

くちづけられたまま、東屋の長椅子に押し倒される。

耳の後ろがじんじんするほど熱い。

頭の中に鼓動が鳴り響く。

唇が離れ、ぼうっとする熔雪の顔を綜劉が見下ろす。

「それで、おまえのためにあの宮殿を建てさせたのだ。だから、私の正妃になってくれるな」

真っ赤になった熔雪に請う。

「わたしで、よいのでしたら……」

うなずくと、熔雪の身体は豪奢な朝袍に包み込まれた。

こののち熔雪は、昼は丞犬として王の側に控えて陰の参謀となり、夜は正妃として豪奢な後宮で寵愛を受けるという、幸せな人生を送ることになる。

終

旺璃国の後宮に正妃が入ったという報は、国内外に広く告知された。

正妃は旺璃国からとても離れた小国の姫君で、艶やかな漆黒の髪と金碧石の瞳を持つ大層な美人だという。

そのあまりの美しさに、綜王は誰の目にも触れさせたくないと後宮の奥に建てた御殿に閉じ込めた。

美しい正妃の顔を知るのは、綜王《そうおう》の他は後宮大夫だけである。どの後宮妃よりも美しく、そして聡明だと、訊く者に答えた。

旺璃国の秘密の正妃の噂は諸外国まで知れ渡り、末代まで語り継がれたという。

あとがき

はじめまして&こんにちは、しみず水都と申します。プリズム文庫さんでは二冊目になりますこの本をお手にとってくださり、ありがとうございます。

今回のお話は、中華っぽい世界にある国で、若き王に仕える美貌の兵が主人公のお話です。

戦ったり裏切られたり、怪我をしたり辱められたり、監禁されたり犯されたり、縛られたり愛されたり、と、ひと通りあれこれありますが、なにより主人公の熔雪が「犬」にされる場面をお楽しみいただきたいです。犬とはいえ人間とほとんど変わらぬ扱いなのですが、某所に首輪の代わりのようにアレが嵌められています。実はアレが書きたかったので、今回のお話が出来たと言っても過言ではありません！　お読みいただいた方にもアレを楽しんでいただけたら幸いです（ちょいSですね）。

中華風ファンタジーですが、漢字名はほとんど日本語読みにしました。雰囲気を出したい箇所のみあちらの読み方にしてあります。その他にも読み易さを考えて日本風、現代風の表現を使用しており、その点ご了承くださいませ。

イラストを担当して下さったみずかねりょう先生。お忙しい中拙作に挿絵を描いてくださり、感謝しております。キャラフをいただいた時からうっとりとさせていただきました。熔雪の儚げな美貌は、綜劉が手篭めにしたくなるのがうなずけるほどで、一方の綜劉も、強い男の魅力を放つ美丈夫で素敵でした。

担当してくださった編集様。中華ファンタジーを書きたいという私の希望を聞いて下さり、ありがとうございました。色々悩むことがありましたが、編集様のお力添えのおかげで書き上げることが出来ました。ありがとうございます。

そしてなにより、お読みくださいました読者の皆様！　御礼申し上げます。いろいろと突っ込みどころも多かったと思いますが、楽しんでいただけましたでしょうか。ご感想などいただけましたら嬉しいです。これからも応援よろしくお願いいたします。

しみず水都

プリズム文庫をお買い上げいただきまして
ありがとうございました。
この本を読んでのご意見・ご感想を
お待ちしております!

【ファンレターのあて先】
〒153-0051 東京都目黒区上目黒1-18-6 NMビル
(株)オークラ出版 プリズム文庫編集部
『しみず水都先生』『みずかねりょう先生』係

プリズム文庫

主上の犬
愛は後宮に熔け堕ちて

2013年12月23日 初版発行

著 者 しみず水都
発行人 長嶋正博
発 行 株式会社オークラ出版
〒153-0051 東京都目黒区上目黒1-18-6 NMビル
営 業 TEL:03-3792-2411 FAX:03-3793-7048
編 集 TEL:03-3793-8012 FAX:03-5722-7626
郵便振替 00170-7-581612(加入者名:オークランド)
印 刷 図書印刷株式会社

Printed in Japan ISBN978-4-7755-2163-2